Georges
SIMENON

Porażka
Maigreta

Georges SIMENON

Porażka Maigreta

Przekład:
WŁODZIMIERZ GRABOWSKI

C&T
TORUŃ

Tytuł oryginału:
UN ÉCHEC DE MAIGRET

Opracowanie graficzne:
EWELINA BARCICKA

Redaktor wydania:
PAWEŁ MARSZAŁEK

Korekta:
MAGDALENA MARSZAŁEK

Skład i łamanie:
KUP „BORGIS" Toruń, tel. 56 654-82-04

ISBN 978-83-7470-298-0

Wydawnictwo „C&T" ul. Św. Józefa 79, 87-100 Toruń,
tel./fax 56 652-90-17

Toruń 2014. Wydanie I.
Druk i oprawa: Wąbrzeskie Zakłady Graficzne sp. z o.o.
ul. Mickiewicza 15, 87-200 Wąbrzeźno.

1

Stara dama z Kilburn Lane
i rzeźnik przy Parku Monceau

Woźny Joseph zapukał leciutko do drzwi, robiąc tym chyba nie więcej hałasu niż czmychająca mysz. Bez najmniejszego skrzypnięcia uchylił je i wślizgnął się do biura Maigreta — tak cicho, że ze swą łysą głową, okoloną wianuszkiem błahych białych włosów, mógłby uchodzić za zjawę.

Komisarz, pochylony nad aktami, z cybuchem fajki w zębach, nie podniósł nawet głowy i Joseph zastygł w bezruchu.

Od ośmiu dni Maigret był tak rozdrażniony i podminowany, że wchodzono do jego biura na palcach. Nie on jeden zresztą miał to fatalne samopoczucie, bo mało kto w Paryżu i w całej Francji pamiętał, by marzec był kiedykolwiek tak mokry, zimny i ponury.

O jedenastej rano w biurach panował dopiero sinawy brzask, przywodzący na myśl te wykonywane o świcie wyroki śmierci. W południe jeszcze paliły się lampy, a o trzeciej godzinie już zaczynało się ściemniać. Trudno było nawet powiedzieć, że pada deszcz: żyło się po prostu w samej chmurze, z wszechobecną wodą, znaczącą każdy skrawek posadzki. I nikt też nie był w stanie wypowiedzieć trzech słów bez sięgania po chustkę do nosa.

Dzienniki zamieszczały zdjęcia mieszkańców paryskich przedmieść, powracających do domów na łódkach, bo wiele ulic zamieniło się w istne rzeki.

Wchodząc rano do biura, komisarz rzucał pytania:

— Czy Janvier przyszedł?

— Chory.

— A Lucas?

— Jego żona telefonowała, że...

Inspektorzy zwalniali się jeden po drugim, a czasem zespołowo, co sprawiało, że przeważnie nie było pod ręką nawet jednej trzeciej brygady.

Pani Maigret nie miała grypy. Ale cierpiała na ból zębów. Nękał ją całe noce, mimo zabiegów dentysty, a najgorzej dawał się jej we znaki koło godziny drugiej czy trzeciej, nie pozwalając zmrużyć oka już do samego rana.

Choć wykazywała przy tym niezwykłe opanowanie, bo z ust nie wyrwało się jej słowo skargi.

Tak było chyba jednak gorzej. Bo często pośród nocy Maigret budził się i czuł, że żona nie śpi, że powstrzymuje oddech, aby tylko nie jęknąć. Jakiś czas nie odzywał się, jakby szpiegując jej cierpienie, a wreszcie nie mógł się powstrzymać od mruknięcia:

— Czemu nie zażyjesz jakiegoś proszku?

— To ty nie śpisz?

— Nie. Weź jakąś pastylkę.

— Wiesz przecież, że to na mnie nie działa.

— Spróbuj jednak, a może...

Wstawał i boso szedł poszukać pudełka z proszkami, potem podawał żonie szklankę wody, nie umiejąc ukryć zmęczenia i senności, które się zwykle odczuwa, gdy ktoś w domu choruje.

— Przepraszam cię bardzo — mówiła wtedy pani Maigret z westchnieniem.

— To przecież nie twoja wina.

— Mogłabym pójść spać do służbowego pokoju.

Mieli taki pokoik, na swoim szóstym piętrze, który był przeważnie pusty.

— Pozwól, bym tam poszła.

— Nie.

— Będziesz jutro bardzo zmęczony, przecież masz teraz tyle pracy.

Faktycznie to miał więcej zgryzoty niż pracy. Bo ten akurat czas wybrała sobie stara Angielka, pani Muriel Britt, aby zniknąć — o czym rozpisywały się wszystkie gazety.

Prawie każdego dnia zdarza się, że gdzieś tam ginie jakaś kobieta. Odbywa się to jednak zwykle dyskretnie: albo się ją odnajdzie, albo nie, ale gazety nie poświęcają temu więcej niż parę wierszy.

A zniknięcie Muriel Britt było jednak bardzo głośne, przybyła ona bowiem do Paryża wraz z pięćdziesięcioma dwoma innymi osobami — w grupie turystów, jaką zwykle w Anglii, Stanach Zjednoczonych, Kanadzie czy gdziekolwiek indziej kompletuje parę biur podróży i za umiarkowaną cenę obwozi po Paryżu.

Tego wieczora w programie wycieczki był „Paryż w nocy". Do autokaru wsiedli mężczyźni i kobiety, raczej już „w średnim wieku", aby obejrzeć główne atrakcje miasta, a przy tym i nocne lokale, do których mieli bony na darmowe drinki.

Na koniec wszyscy byli w wyśmienitych humorach, u wielu na policzkach wykwitły rumieńce, a oczy nabrały blasku. Pewien niewysoki buchalter z londyńskiego City, o starannie wypomadowanych wąsikach, gdzieś się zawieruszył na przedostatnim postoju; choć odnalazł się następnego popołudnia we własnym łóżku, gdzie to powrócił nader dyskretnie.

Inaczej było z panią Britt. Gazety angielskie podkreślały, że nie mogła mieć ona żadnego powodu do zniknięcia. Miała już pięćdziesiąt osiem lat, a cała jej chuda postać i twarz nosiły wyraźne piętno zmęczenia, jak to u kobiet ciężko pracujących całe życie; w jej przypadku było to prowadzenie pensjonatu na Kilburn Lane, gdzieś w zachodnim Londynie.

Maigret nie wiedział, jak tam było naprawdę przy tej Kilburn Lane. Oglądając różne zdjęcia w prasie, wyobrażał sobie dość ponury dom zamieszkały przez stenotypistki i drobnych urzędników, zbierających się na czas posiłków wokół okrągłego stołu.

Pani Britt była wdową. Miała syna, który przebywał stale w Afryce Południowej, i zamężną córkę, mieszkającą gdzieś nad Kanałem Sueskim. Podkreślano też, że były to pierwsze prawdziwe wakacje, na które sobie ta biedna kobieta pozwoliła.

Podróż do Paryża, oczywiście! Z atrakcjami. Wszystko w cenie. Zatrzymała się wraz z innymi w hotelu koło dworca Saint-Lazare, specjalizującym się w przyjmowaniu takich turystów.

Krytycznego wieczoru wysiadła z autokaru razem z całym towarzystwem i udała się do swego pokoju. Trzej świadkowie słyszeli, jak zamykała za sobą drzwi.

A następnego dnia nie było jej tam i odtąd wszelki ślad po niej zaginął.

Przysłany ze Scotland Yardu policjant był trochę zakłopotany i po nawiązaniu kontaktu z Maigretem prowadził dochodzenie na własną rękę nader dyskretnie.

Mniej dyskretnie zachowywała się angielska prasa, krytykując nieskuteczność francuskiej policji.

Fakt, że były pewne szczegóły, których Maigret nie miał ochoty ujawniać prasie. Chociażby to, że w pokoju pani Britt znaleziono butelki z alkoholem, poutykane w różnych miejscach: za szafą, w szufladzie między bielizną, a nawet pod materacem.

A również i to, że zaraz po ukazaniu się w jednym z wieczornych dzienników fotografii zaginionej, zjawił się na Quai des Orfevres sklepikarz, u którego kupowała ona te napoje.

— Czy zrobiła ona na panu jakieś szczególne wrażenie?

— Hm!... Była lekko podchmielona. Pomyślałem, że musiała już gdzieś łyknąć wina... O ile brać tu pod uwagę wino.. Bo sądząc z tego, co kupowała u mnie, wolała chyba gin...

Czy pani Britt w swoim pensjonacie na Kilburn Lane też raczyła się może ukradkiem alkoholem? O tym gazety angielskie słowem nie wspominały.

Zeznania złożył między innymi nocny dozorca hotelu:

— Widziałem ją, gdy opuszczała po cichu hotel. Była w doskonałym nastroju i nawet trochę się ze mną przekomarzała.

— I potem sobie poszła?

— Tak.

— W jakim kierunku?

— Tego nie zauważyłem.

Widział ją również policjant — przy barze na Amsterdamskiej, wahającą się, czy ma tam wejść.

I to było wszystko. Z Sekwany nie wyłowiono żadnych zwłok. Nie znaleziono poćwiartowanego kobiecego ciała na pustkowiu.

Komisarz Pike ze Scotland Yardu, którego Maigret dobrze znał, telefonował z Londynu codziennie rano.

— *Sorry*, Maigret. Nic tam nowego?

Cała ta historia, nieustanny deszcz, mokre ubrania, parasole ociekające wodą w każdym kącie pokoju, a na domiar wszystkiego zęby pani Maigret — tworzyły okropną całość. I niewiele już było potrzeba, aby komisarz wybuchał gniewem o byle co.

— O co chodzi, Joseph?

— Szef chciał z panem mówić, panie komisarzu.

— Zaraz tam idę.

Nie była to pora raportów. Kiedy dyrektor Policji Kryminalnej wzywa kogoś do swego gabinetu w ciągu dnia, oznacza to, że dzieje się coś ważnego.

Niemniej Maigret dokończył przeglądania jakichś akt, nabił fajkę i dopiero wtedy udał się do przełożonego.

— Ciągle nic nowego, Maigret?

Nie odpowiedział, wzruszając tylko ramionami.

— Przed chwilą goniec przyniósł mi list od ministra.

Gdy mówiło się po prostu „minister", wiadome było, że chodzi o ministra spraw wewnętrznych, któremu podlegała policja kryminalna.

— Tak?

— Pewien człowiek ma tu przyjść o jedenastej trzydzieści...

Był kwadrans po jedenastej.

— To niejaki Fumal, który zdaje się ma wiele do powiedzenia w pewnych kołach. W czasie ostatnich wyborów zasilał kasy swych partii milionami franków...

— Coś nabroiła jego córeczka?

— On nie ma córki.

— W takim razie syn?

— Syna też nie ma. Minister nie wyjawił mi, o co chodzi. Wygląda na to, że temu jegomościowi zależy na widzeniu się właśnie z panem i że powinniśmy zrobić wszystko, by go zadowolić.

Maigret poruszył ustami i łatwo było odgadnąć, że to, czego nie wypowiedział głośno, było „cholerą".

— Pan wybaczy mi, komisarzu. Rozumiem, że to przymusowa robota dla pana. Ale niech pan zrobi, co tylko będzie można. Ostatnimi czasy mamy same niepowodzenia.

Maigret zatrzymał się potem na korytarzu i zawołał do woźnego Josepha: — Gdy przyjdzie taki Fumal, proszę go wprowadzić od razu do mnie.

— Kto niby?

— Fumal. Tak się nazywa.

Właśnie to nazwisko coś komisarzowi przypomniało. Ciekawe, mógłby przysiąc, że łączyło się z czymś dla niego przykrym. Ale miał i tak dość przykrości i wcale nie pragnął wyszukiwać nowych w pamięci.

— Czy Aillevard jest tu dzisiaj? — zapytał, stając w progu pokoju inspektorów.

— Dotychczas się nie zjawił.

— Chory?

— Na razie nie telefonował.

Inspektor Janvier wrócił do pracy, ale twarz miał wyraźnie bladą, a nos mocno zaczerwieniony od kataru.

— A jak tam dzieci?

— Chore, oczywiście!

Pięć minut później znów zapukano leciutko do drzwi Maigreta i Joseph, z wyraźnym niesmakiem, oznajmił:

— Pan Fumal.

Nie patrząc na przybyłego, Maigret mruknął:

— Proszę usiąść.

Potem podniósł głowę i zobaczył przed sobą postać ogromnych rozmiarów ledwie mieszczącą się w fotelu. Fumal przyglądał mu się z wyrazem ironii, a zarazem wyczekiwania, jakby spodziewał się ze strony komisarza jakiejś szczególnej reakcji.

— O co chodzi? Powiedziano mi, że chciał pan rozmawiać ze mną osobiście.

Na ubraniu gościa widać było tylko parę kropel wody, zapewne więc przyjechał tu samochodem.

— Nie poznaje mnie pan?

— Nie.

— Niech pan się zastanowi.

— Nie mam czasu.

— Ferdinand.

— Jaki Ferdinand?

— Gruby Ferdek... Bum-Bum!...

Wtedy to Maigret skojarzył, że istotnie z tym kimś łączą się niezbyt miłe wspomnienia. Z tych lat, gdy jeszcze chodził do szkoły w rodzinnej wiosce Saint-Fiacre, w departamencie Allier, gdzie nauczycielką była panna Chaigne.

W owym czasie ojciec Maigreta był zarządzającym w majątku Saint-Fiacre, Ferdinand zaś był synem rzeźnika w wiosce Quatre-Vents, odległej o jakieś dwa kilometry.

W każdej klasie znajdzie się podobny chłopak, większy i tęższy od innych, o tuszy, którą określa się jako niezdrową.

— Już pan sobie przypomniał?

— Tak.

— No i jakie wrażenie zrobiło na panu nasze spotkanie? Ja wiedziałem, że pan jest policjantem, bo w gazetach była akurat pana fotografia. A właściwie to kiedyś byliśmy na ty...

— Kiedyś tak, ale nie teraz — odrzekł sucho komisarz, czyszcząc fajkę.

— Jak pan woli. Czytał pan list ministra?

— Nie.

— Ale coś chyba panu o tym powiedziano?

— Tak.

— Cóż, obaj doszliśmy do jakiejś pozycji w życiu. Tyle że zupełnie innymi drogami. Mój ojciec nie był żadnym zarządzającym, a tylko zwykłym wiejskim rzeźnikiem. Mnie zaś wyrzucono z piątej klasy liceum w Moulins...

Mówił to jakby napastliwym tonem, ale dało się wyczuć, że chodzi tu nie tylko o Maigreta. Był z tych typów, u których jakieś zadawnione urazy budzą nienawiść do wszystkich dokoła, do życia i do nieba!

— Co nie przeszkadza, że dziś Oscar mi powiada...

Oscar to był właśnie minister spraw wewnętrznych.

— ... „Idź do Maigreta, bo to jest człowiek, którego potrzebujesz, i będzie do twojej dyspozycji... *Zresztą ja sam tego dopilnuję*...”

Komisarz nie drgnął nawet, jego ciężkie spojrzenie było nadal utkwione w twarzy tamtego.

— Pamiętam doskonale pana ojca — ciągnął Fumal. — Nosił rudawozłote wąsy, prawda? Był bardzo chudy... chorował zdaje się na płuca... I chyba miał z moim ojcem jakieś uboczne interesiki...

Tym razem Maigretowi nie przyszło łatwo zachowanie niewzruszonej postawy, bo przypomniano mu jedno z najboleśniejszych wydarzeń z czasów jego dzieciństwa.

Ojciec Fumala, Louis, jak większość wiejskich rzeźników, handlował również bydłem. Dla wypasania i tuczenia go dzierżawił nisko położone łąki. I stopniowo działalność jego rozciągnęła się na całą okolicę.

Żonę jego, matkę Ferdinanda, nazywano „Piękną Fernandą”; mówiono, że ubiera się ona nader swobodnie i że sama kiedyś oświadczyła cynicznie: „Gdy się jest zbytnio ubraną, łatwo stracić okazję...”

Czy każdy ma we wspomnieniach dzieciństwa coś, co rzuca na nie cień?

Jako zarządzający majątkiem, Evariste Maigret zajmował się też sprzedażą bydła. Długi czas starał się unikać interesów z Louisem Fumalem. Ale w końcu musiał się na to zdecydować. Fumal zjawił się w jego biurze z wytartym portfelem, wypchanym jak zwykle banknotami.

Maigret miał wtedy siedem czy osiem lat i tego dnia akurat nie poszedł do szkoły. Miał grypę, jak teraz dzieci Janviera, czy może świnkę. Jego matka jeszcze wówczas żyła. W kuchni, gdzie siedzieli, było bardzo ciepło, a na dworze lał deszcz, spływając jasnymi strugami po szybach okien.

Ojciec jego wpadł do domu jak wicher, cały podekscytowany, bez czapki, co do niego było niepodobne, a wąsy miał zupełnie mokre.

— Ten łajdak Fumal!... — wykrzykiwał.

— Co takiego zrobił?

— Nie zauważyłem tego od razu... Gdy wyszedł, schowałem pieniądze do kasy, potem załatwiłem jeszcze jeden telefon i dopiero spostrzegłem, że wsunął mi dwa banknoty pod słoik z tytoniem...

O jaką sumę chodziło? Maigret po tylu latach nie miał najmniejszego pojęcia, ale pamiętał ten gniew ojca, jego upokorzenie...

— Muszę go dogonić...

— Był tą swoją bryczką?

— Tak, ale wezmę rower, złapię go i...

Reszta rozmyła mu się w pamięci. Ale potem w ich domu nazwisko Fumala wymawiano rzadko, i to w specjalny sposób. A obaj panowie nie rozmawiali już ze sobą. Było też inne wydarzenie, o którym Maigret miał jeszcze bardziej niejasne wieści. Fumal podobno fałszywymi donosami wzbudził nieufność hrabiego de Saint-Fiacre (tego samego starego hrabiego) do osoby jego zarządzającego, co przyniosło temu ostatniemu sporo niezasłużonych upokorzeń.

— W czym więc rzecz?...

— Niewątpliwie musiał pan słyszeć o mnie od czasów szkoły?

W głosie Ferdinanda Fumala zabrzmiała ukryta groźba.

— Nie.

— A wie pan, co to „Zjednoczone Rzeźnie"?

— Słyszałem tę nazwę.

Oddziały tej firmy znajdowały się prawie wszędzie — jeden nawet przy bulwarze Woltera, niedaleko domu Maigreta — a niezrzeszeni rzeźnicy na próżno wznosili protesty.

— To właśnie ja. A o „Rzeźniach Gospodarczych" pan słyszał?

Coś niecoś słyszał. Taka „odnoga" tamtej, ale działająca w dzielnicach uboższych i na przedmieściach.

— To też ja — zapewnił Fumal, rzucając wyzywające spojrzenie. — A wie pan, ile milionów franków są obydwa razem warte?

— Mało mnie to interesuje.

— Ja stoję również za „Rzeźniami Północnymi", z siedzibą w Lille, i za „Stowarzyszeniem Rzeźników", którego biura mieszczą się przy Rambuteau, tu w Paryżu.

Maigret, patrząc na tego otyłego osobnika w fotelu, omal nie zawołał: „Ależ to jest góra mięsa!". Nie zrobił jednak tego. Czuł, że chodzi tutaj o sprawę jeszcze kłopotliwszą niż zniknięcie pani Britt. W tej chwili poczuł odrazę do Fumala, i nie tylko ze względu na pamięć ojca. Ten facet był zbyt pewny siebie i dawał to odczuć w sposób obraźliwy.

Ale mimo to można było odgadnąć, że pod jego butą kryje się pewien niepokój, a może nawet strach.

— I nie zastanawia się pan, po co tu przyszedłem?

— Raczej nie.

To jedyny sposób, by zirytować takiego człowieka: przeciwstawić mu zupełny spokój i obojętność. W spojrzeniu komisarza nie można było wyczytać żadnej ciekawości, żadnego zainteresowania, co tamtego zaczynało drażnić.

— Czy zdaje pan sobie sprawę, że mam tyle wpływów, by zdjąć ze stanowiska nawet wysokiego funkcjonariusza?

— O, doprawdy?

— Nawet takiego, który się uważa za niezastąpionego.

— Słucham pana dalej z zainteresowaniem, panie Fumal.

— Nie zaprzeczy pan, że zjawiłem się tu przyjacielsko nastawiony...

— I cóż dalej?

— A pan przyjął od razu postawę...

— Grzeczną, panie Fumal.

— Powiedzmy. Można to i tak nazwać. Skoro chciałem widzieć się właśnie z panem, to pamiętając o dawnej przyjaźni, sądziłem...

Obaj nie tylko, że nigdy nie byli w przyjaźni, ale nawet nigdy nie bawili się razem. Zresztą Ferdinand Fumal nie bawił się z nikim, spędzając przerwy samotnie, w kącie.

— Wybaczy pan, ale czeka na mnie bardzo dużo pracy.

— Jestem z pewnością bardziej zajęty od pana, a mimo to pofatygowałem się tu. Mogłem kazać panu przyjść do któregoś z moich biur...

Czy dyskusja z nim coś da? Prawdą jest, że zna ministra, że oddał mu niejedną przysługę, podobnie jak innym politykom, wobec czego cała rzecz może mieć niedobre skutki.

— Potrzebuje pan pomocy policji?

— Nieoficjalnie.

— To słucham pana.

— Rozumiem, że to, co powiem, zostanie oczywiście między nami.

— O ile pan nie popełnił zbrodni...

— Nie lubię takich żartów.

Maigret, już u kresu cierpliwości, wstał i podszedł oprzeć się o kominek — bliski wręcz wyrzucenia tego gościa za drzwi.

— Ktoś chce mnie zamordować.

Aż się prosiło o rzucenie: „Ja to rozumiem!".

Jednak z obojętnym wyrazem twarzy słuchał dalej.

— Od tygodnia otrzymuję anonimowe listy, na które z początku nie zwracałem uwagi. Ludzie na moim stanowisku powinni być przygotowani na to, że budzą zazdrość, a często i nienawiść.

— Ma pan te listy przy sobie?

Fumal wyjął z kieszeni portfel, równie wypchany, jak niegdyś portfel jego ojca.

— Ten był pierwszy. Wyrzuciłem kopertę, bo nie wiedziałem, co zawiera.

Maigret wziął list do ręki i przeczytał napisane ołówkiem słowa: „Niedługo zdechniesz".

Bez żadnego uśmiechu odłożył papier na biurko.

— Co zawierają kolejne?

— To drugi, który otrzymałem dzień później. Zachowałem kopertę, która jak pan widzi, ma pieczątkę poczty z okolicy placu Opery.

List ten, też pisany ołówkiem, wieścił: „Wykończę cię".

Były i kolejne; Fumal podawał je jeden po drugim, wyjmując z kopert.

— Tu nie mogę odczytać nazwy poczty na pieczątce. „Dni twoje są policzone, bydlaku".

— Przypuszczam, że pan nie orientuje się, kto je wysyła?

— Chwileczkę. Jest wszystkiego siedem listów, ostatni otrzymałem dziś rano. Jeden z nich był nadany na bulwarze Beaumarchais, drugi na ulicy Louvre, a ten ostatni przy Ternes.

Teksty tych listów były podobne:

„Już niedługo z tobą skończymy"

„Pisz swój testament"

„Łajdak"

Wreszcie ostatni z nich powtarzał tekst pierwszego: „Niedługo zdechniesz".

— Zostawi mi pan tę korespondencję?

Nie bez ironii użył Maigret słowa „korespondencja".

— O ile to panu pomoże w wykryciu sprawcy.

— I nie sądzi pan, że mógł to być żart?

— Ludzie, z którymi się zadaję, raczej nie pozwoliliby sobie na takie żarty. Cokolwiek by pan o tym myślał, Maigret, ja nie należę do ludzi lękliwych. To jasne, że nie można osiągnąć takiej pozycji jak moja bez narobienia sobie pewnej liczby wrogów, choć ja nimi zawsze pogardzałem.

— Dlaczego więc pan tu przyszedł?

— Dlatego, że mam prawo, jak każdy obywatel, do ochrony mego życia. Nie chcę zostać zabity, nie będąc nawet świadom, skąd przyszedł cios. Rozmawiałem o tym z ministrem i on mi powiedział...

— Wiem, wiem. Jednym słowem pan sobie życzy, by otoczono pana dyskretną opieką?

— Uważam to za wskazane.

— Chodzi panu również o to, byśmy wykryli autora anonimowych listów?

— Gdyby to tylko było możliwe.

— I nie ma pan nikogo jakoś szczególnie podejrzanego?

— Szczególnie to chyba nie. Ale...

— Śmiało!

— Niech pan nie bierze tego za oskarżenie. To człowiek raczej słaby i jeśli nawet byłby zdolny do pogróżek, to na pewno zabrakłoby mu odwagi do wprowadzenia ich w czyn.

— Któż to jest?

— Niejaki Gaillardin. Roger Gaillardin. Z „Agencji Ekonomicznej".

— On ma powody, by pana nienawidzić?

— Zrujnowałem go.

— Umyślnie?

— Tak. Ale uprzedzałem go, że to zrobię.

— A czemu tak?

— Stanął mi na drodze. Jego interes jest w likwidacji i wsadzę go do więzienia, bo ujawniłem sprawę jego fałszywych czeków.

— Gdzie on mieszka?

— Przy ulicy Franciszka I, numer dwadzieścia sześć.

— Czy jest również rzeźnikiem?

— Niezawodowym. To spekulant. Obraca przy tym cudzymi pieniędzmi. Ja też lubię spekulacje, ale obracam własną gotówką. To zasadnicza różnica.

— Jest żonaty?

— Tak, ale nie żyje z żoną. Ma kochankę, mieszka z nią.

— Pan ją zna?

— Owszem, nieraz spędzaliśmy czas we trójkę.

— A pan jest żonaty, panie Fumal?

— Od dwudziestu pięciu lat.

— Czy żona bywa wszędzie razem z panem?

— Moja żona już dawno nigdzie nie bywa.

— Jest chora?

— Można tak uważać. W każdym razie ona tak myśli.

— Muszę pewne rzeczy zanotować.

Maigret usiadł z powrotem i wziął kartkę papieru.

— Adres pana?

— Mieszkam w swoim domu przy bulwarze Courcelles, numer pięćdziesiąt osiem bis, naprzeciwko Parku Monceau.

— Piękna dzielnica.

— Owszem. A biura mam na ulicy Rambuteau, niedaleko Hal, a także na La Villette.

— Rozumiem.

— Oprócz tego mam biura w Lille i w innych miastach.

— Jak sądzę, zatrudnia pan też liczną służbę?

— Na Courcelles pięć osób.

— I szofera?

— No tak, nie nauczyłem się dotychczas prowadzić wozu.

— I ma pan sekretarkę?

— Tak, sekretarkę osobistą.

— Czyli przy bulwarze Courcelles?

— Ma ona tam swój pokój i biuro, ale zawsze też towarzyszy mi w podróżach.

— Jest młoda?

— Sam nie wiem. Sądzę, że ma koło trzydziestki.

— Czy pan z nią żyje?

— Nie.

— A z kim?

Fumal uśmiechnął się pogardliwie.

— Spodziewałem się tego pytania. Cóż, mam kochankę. Miałem już ich zresztą wiele. Obecnie jest to Martine Gilloux, której urządziłem mieszkanie na ulicy Etoile.

— O dwa kroki od pana domu.

— To zrozumiałe!

— Gdzie ją pan poznał?

— W nocnym kabarecie, już blisko rok temu. Jest bardzo spokojna i nigdzie prawie nie bywa.

— Jak sądzę, ona nie ma powodu żywić do pana nienawiści?

— Ja też tak sądzę.

— A ma jakiegoś kochanka?

Tamten aż się zatrząsł ze złości.

— Gdyby nawet, nie mam o tym pojęcia. To już wszystko, co pan chciał wiedzieć?

— Jeszcze nie. A pańska żona jest zazdrosna?

— Ten pański takt, który od początku pan objawia, chyba nie przeszkodzi panu zapytać ją o to samą?

— A z jakiej rodziny pochodzi pańska żona?

— Jest córką rzeźnika.

— Idealnie.

— Co takiego jest idealnie?

— Nic. Chciałbym jeszcze usłyszeć coś o pana najbliższym otoczeniu. Listy odbiera pan sam?

— Te, które przychodzą na Courcelles.

— To są listy prywatne?

— Mniej więcej. Inne adresowane są na ulicę Rambuteau albo na La Villette, gdzie odbierają je urzędnicy.

— A sekretarka czyta też pańskie...?

— Otwiera tylko koperty i oddaje mi.

— Czy pokazywał pan jej te karteczki?

— Nie.

— Dlaczego?

— Nie wiem.

— I żonie też nie?

— Nie.

— A przyjaciółce?

— Tym bardziej nie. Czy to już wszystko?

— Jak rozumiem, upoważnia mnie pan do odwiedzenia domu przy Courcelles? Pod jakim pretekstem?

— Powie pan, że złożyłem skargę z powodu zaginięcia jakichś akt.

— Mogę również wstąpić do pańskich biur?

— Oczywiście.

— A na ulicę Etoile?

— Jeżeli pan musi...

— To dziękuję panu.

— I to wszystko?

— Od dzisiejszego popołudnia zlecę nadzór nad pańskim domem, ale już trudniejsze będzie jeżdżenie w ślad za panem po całym Paryżu. Pan zawsze korzysta z samochodu?

— Tak.

— A ma pan broń?

— Nie chodzę z żadną bronią, ale trzymam rewolwer w nocnym stoliku.

— I macie państwo osobne sypialnie?

— Od dziesięciu lat.

Maigret wstał, popatrzył na drzwi, potem na zegarek. Fumal wstał również, obracając się z pewnym trudem, i chwilę zastanawiał się, co powiedzieć, nim padło w końcu:

— Nie spodziewałem się, że pan tak się do mnie odniesie.

— Czy pana czymś obraziłem?

— Tego nie mówię, jednak...

— Zająłem się pana sprawą, panie Fumal. I mam nadzieję, że nie spotka pana nic złego.

Już w korytarzu rzeźnicki potentat warknął z gniewem:

— No, myślę! Inaczej marny pana los!

Na co Maigret zamknął drzwi, mało delikatnie.

2

Podejrzliwa sekretarka
i obojętna na wszystko żona

Lucas, z teczką akt pod pachą i pachnąc jak mała apteka, wszedł, nim Maigret zdążył usiąść z powrotem przy biurku. Komisarz mruknął do niego:

— Widziałeś go?

— Kogo, szefie?

— Faceta, który stąd wychodził.

— Omal go nie potrąciłem, ale mu się nie przyjrzałem.

— Szkoda. Obym się mylił, ale on chyba przysporzy nam więcej... kłopotów niż ta Angielka...

Maigret użył zwrotu dosadniejszego niż „kłopoty". Nie był nawet zły, ale czuł się jak ktoś dźwigający na swych barkach duży ciężar. Niepokoiło go to nagłe wynurzenie się z odległej przeszłości osobnika, do którego zawsze czuł wstręt i którego ojciec zrobił tyle złego jego ojcu.

— Któż to jest? — zapytał Lucas, rozkładając papiery na stole.

— Fumal.

— Ten od mięsa?

— Znasz go?

— Mój szwagier był przez dwa lata zastępcą księgowego w jednym z jego biur.

— I co twój szwagier myśli o nim?

— Wolał stamtąd odejść.

— Chcesz się tym zająć? — Maigret podał Lucasowi listy z pogróżkami. — Na wszelki wypadek pokaż to najpierw Moersowi.

Ludziom z laboratorium udawało się zazwyczaj uzyskać coś z przedstawionego im dokumentu. Co do Moersa, to znał on wszystkie gatunki papieru i rodzaje atramentów, a pewnie też i wszelkie rodzaje ołówków. Może więc uda się wykryć na listach jakieś ślady linii papilarnych?

— I jak ma wyglądać to ochranianie go? — spytał Lucas po przeczytaniu listów.

— Jeszcze sam nie wiem. Zacznij od wysłania kogoś na Courcelles, na przykład Vachera.

— Ma siedzieć w domu, czy też na zewnątrz?

Maigret nie odpowiedział od razu.

Deszcz przestał padać, ale od tego niewiele się na świecie polepszyło. Zerwał się zimny, wilgotny wiatr zmuszający przechodniów do przytrzymywania kapeluszy i rozwiewających się na wszystkie strony płaszczy. Ci na moście Saint-Michel szli tak pochyleni, że zdawało się, iż zaraz upadną.

— Niech zostanie na zewnątrz. I weźmie kogoś ze sobą dla obserwacji okolicy. Ty mógłbyś rzucić okiem na jego biura przy Rambuteau i na La Villette.

— Sądzi pan, że te groźby należy brać poważnie?

— Przede wszystkim groźby ze strony Fumala. Jak nie spełnimy jego żądań, poruszy tych wszystkich swoich politycznych przyjaciół.

— Czego on właściwie chce?

— Trudno to zrozumieć.

Istotnie. O co chodziło temu hurtowemu rzeźnikowi? Jaki sens miała jego wizyta?

— Idziemy na śniadanie?

Było już po dwunastej. Od tygodnia Maigret jadał co drugi dzień śniadanie w barze przy placu Dauphine wcale nie przez nawał pracy, ale dlatego, że żona była umówiona u dentysty o wpół do dwunastej. A komisarz nie lubił jadać sam.

Lucas poszedł z nim. Jak zwykle, zastali tam kilku inspektorów jedzących przy barowej ladzie, a sami przeszli do małej sali w głębi, ze staromodnym wielkim piecem węglowym, które komisarz tak bardzo lubił.

— Co by panowie powiedzieli na potrawkę cielęcą? — zaproponował gospodarz.

— Świetnie, poprosimy.

Na stopniach Pałacu Sprawiedliwości jakaś kobieta przytrzymywała właśnie desperacko swoją sukienkę, która nagle zadarła się jak parasolka na wietrze.

Chwilę potem, gdy podano im przystawki, Maigret mruknął parę razy:

— Nie rozumiem tego, nie rozumiem...

Zdarza się, że podobne listy, jak te do Fumala, piszą maniacy albo ludzie na wpół obłąkani. Czasem nawet groźby te wprowadzają w czyn. Są to przeważnie nieszczęśliwe, upośledzone przez los istoty, które długi czas przeżuwają swą nienawiść, nie śmiejąc jej uzewnętrznić.

Fumal był człowiekiem tego pokroju, że na pewno skrzywdził niejedną osobę. Jego arogancki sposób bycia musiał też budzić do niego niechęć.

Maigret nie mógł dociec prawdziwego celu jego wizyty ani zrozumieć jego napastliwego tonu w czasie rozmowy.

A może to on sam sprowokował ten ton? Czyż nie dał poznać po sobie, że pamięta urazy z czasów dzieciństwa w Saint-Fiacre?

— Telefonowano dziś do pana ze Scotland Yardu, szefie?

— Do tej pory nie. Ale jeszcze zadzwonią.

Podano potrawkę cielęcą — tak świetnie przyrządzoną, że nawet pani Maigret nie zrobiłaby lepszej — ale chwilę potem gospodarz zawołał komisarza do telefonu. Tylko ci z Quai des Orfevres wiedzieli, gdzie go znajdą.

— Tak, słucham... Janin?... A o co jej chodzi?... To poproś, by trochę poczekała... Och, najwyżej kwadrans... Tak... Najlepiej w poczekalni...

Gdy usiadł znów przy stole, oznajmił Lucasowi:

— Jego sekretarka chce ze mną rozmawiać. Czeka w biurze.

— A ona wiedziała, że jej szef był u pana?

Maigret wzruszył ramionami i zabrał się do jedzenia. Zrezygnował jednak z sera i owoców, wypił tylko trochę gorącej kawy i nabił fajkę.

— Ty się nie spiesz. Zrób tylko to, co mówiłem, i informuj mnie na bieżąco.

Czuł, że sam się przeziębi, bo miał już początki kataru. Gdy podchodził do gmachu policji kryminalnej, poryw wiatru zerwał mu z głowy kapelusz, ale na szczęście policjant na warcie pochwycił go w locie.

— Dziękuję, stary.

Po wejściu spojrzał z ciekawością przez szyby do poczekalni, widząc tam młodą kobietę około trzydziestki, blondynkę o regularnych rysach; trzymała ręce na swej torebce i czekała tak bez oznak najmniejszego zniecierpliwienia.

— Pani chciała ze mną mówić?

— Czy pan komisarz Maigret?

— Chodźmy może tędy... Proszę, niech pani usiądzie.

Kapelusz i płaszcz trafiły na wieszak, on sam zajął miejsce przy biurku i przyjrzał się znowu przybyłej. Ona zaś, nie czekając na jego pytania, zaczęła mówić zrazu nieśmiało, ale odzyskała pewność siebie i mówiła już zdecydowanie:

— Nazywam się Louise Bourges, jestem osobistą sekretarką pana Fumala.

— Od jak dawna?

— Od trzech lat?

— I mieszka pani w domu swego pracodawcy na Courcelles?

— Przeważnie tak. Ale zachowuję też swoje małe lokum przy ulicy Woltera.

— Rozumiem...

— A pan Fumal miał być u pana dziś rano.

— Mówił pani o tym?

— Nie. Słyszałam, jak rozmawiał przez telefon z ministrem spraw wewnętrznych.

— Przy pani?

— Oczywiście, inaczej bym nie wiedziała, ja nie podsłuchuję pod drzwiami.

— I chciała pani mówić ze mną o wizycie pana Fumala?

Potaknęła i milczała dalej, jakby szukając odpowiednich słów.

— Pan Fumal nie wie, że tu jestem.

— A gdzie on jest w tej chwili?

— W jednej z tych wielkich restauracji na lewym brzegu, gdzie wydaje śniadanie dla mnóstwa osób. Prawie codziennie urządza takie biznesowe śniadania.

Maigret słuchał, ale ani nie zachęcał do mówienia, ani też nie przeszkadzał. Patrząc na tę kobietę, zastanawiał się, czemu — mimo niezłej figury i ładnej twarzyczki — nie ma w niej żadnego powabu.

— Nie chcę zabierać panu czasu, komisarzu. Nie wiem, co opowiadał pan Fumal. Przypuszczam tylko, że przyniósł panu listy.

— Pani je czytała?

— Pierwszy z nich, a potem tylko jeden z dalszych. Ten pierwszy, bo sama go otworzyłam, a drugi dlatego, że pozostał na biurku.

— A skąd pani wie, że było więcej niż dwa listy?

— Stąd, że cała korespondencja przechodzi przez moje ręce i że poznałam charakter pisma i żółtawy kolor kopert.

— Czy pan Fumal sam mówił pani coś o tym?

— Nie.

Wahała się jeszcze, choć nie była onieśmielona uważnym spojrzeniem komisarza.

— Sądzę, że lepiej będzie, gdy powiem, że sam pisał te listy.

Policzki jej zaróżowiły się lekko i widać było, że odczuwa ulgę, jakby pozbyła się ciężaru.

— Skąd takie przypuszczenie?

— Przede wszystkim to, że zaskoczyłam go raz, gdy pisał coś przy biurku. Nigdy nie pukam, wchodząc do jego gabinetu. On sam tak zarządził. Wtedy myślał, że już wyszłam. A ja

czegoś akurat zapomniałam. Wróciłam i zobaczyłam go prze-
pisującego coś na kartce papieru.

— Kiedy to było?

— Przedwczoraj.

— I był zaaferowany jakoś?

— Zakrył zaraz ten papier suszką. Wczoraj właśnie zastanawiałam się, skąd on ma taki papier i koperty. U nas się
takiego nie używa, w żadnym z biur też. Jak pan sam pewnie
zauważył, to tani gatunek papieru, sprzedawany w sklepi-
kach i kioskach z papierosami. Gdy go nie było, trochę też po-
szperałam.

— Z jakim skutkiem?

Otworzyła torebkę i wyjęła z niej arkusik liniowanego papieru i żółtawego koloru kopertę. Podała je.

— Gdzie to pani znalazła?

— W szufladzie pod plikiem starych akt, od dawna już
niepotrzebnych.

— Pozwoli pani, że spytam teraz, po cóż pani do mnie
przyszła?

Przez moment jakby się speszyła, ale szybko się opano-
wała i odrzekła pewnym, wręcz wyzywającym tonem:

— Po to, żeby się bronić.

— Przed kim?

— Przed nim.

— Nie rozumiem.

— Bo pan go nie zna tak dobrze, jak ja go znam.

Nie mogła przypuszczać, że Maigret znał go dużo wcześniej od niej!

— Niech mi pani to wyjaśni.

— Tu nie ma nic do wyjaśniania. On nie zrobi niczego
bez powodu, rozumie pan? Jeśli zadaje sobie trud pisania do
siebie listów z pogróżkami, robi to w jakimś celu. Zwłaszcza
gdy potem jeszcze zabiera czas ministrowi i przychodzi tu do
pana.

To jej rozumowanie było zupełnie logiczne.

— Czy wierzy pan w to, komisarzu, że są ludzie z gruntu źli, dlatego źli, że im to sprawia przyjemność?

Maigret wolał nie odpowiadać na to pytanie.

— Właśnie tak jest z nim. Zatrudnia bezpośrednio lub pośrednio setki ludzi i z całą zawziętością stara się uczynić ich życie nieznośnym. I jest taki przebiegły... Nic się przed nim nie ukryje. Kierownicy w jego biurach są fatalnie opłacani, próbują więc czasem drobnych oszustw, by coś dorobić, a on wykrywa to i drwi sobie z nich, wtedy gdy się tego najmniej spodziewają...

W biurze na Rambuteau był taki stary kasjer, którego on nie cierpiał, zupełnie bez powodu, ale zatrudniał go już blisko trzydzieści lat, bo to był fachowiec. Miał w nim po prostu niewolnika, który drżał, gdy pan się do niego zbliżał. Był też słabego zdrowia, a miał sześcioro czy siedmioro dzieci... Gdy zdrowie mocniej mu siadło, pan Fumal postanowił pozbyć się go bez żadnej odprawy czy nawet podziękowania. Wie pan, jak to zrobił? Jednej nocy poszedł sam do biura, otworzył kasę, do której klucze miał tylko on i ten kasjer, i zabrał jakąś sumę pieniędzy... A rankiem wsunął ten plik do kieszeni marynarki, którą kasjer zawsze zdejmował i wieszał po przyjściu do biura. Pod jakimś pretekstem kazał otworzyć kasę. Reszty może się pan domyślić. Ten staruszek płakał jak dziecko, błagał go na kolanach. Taka okropna scena, do samego końca pan Fumal groził, że wezwie policję, aż doszło do tego, że biedak dziękował, gdy wreszcie pozwolił mu odejść... Teraz pan rozumie, dlaczego muszę się bronić?

Wyraźnie zamyślony, mruknął tylko:

— Teraz rozumiem.

— Dałam panu tylko jeden przykład. Jest ich wiele. On nie robi nic bez powodu, a jego powody niełatwe są do przewidzenia.

— Sądzi pani, że on obawia się o swoje życie?

— Jestem tego pewna. On się stale boi. I właśnie dlatego — choć to może się wydać dziwne — zakazuje mi pukać do drzwi przed wejściem do pokoju. Od takich nagłych stuków dostaje drgawek.

— Z tego, co pani mówi, jest sporo osób mających do niego uzasadnione pretensje?

— Bardzo dużo osób.

— I są to ci, którzy u niego pracują?

— Ci przede wszystkim, ale i ludzie, z którymi ma różne interesy. Zrujnował już kilkunastu małych rzeźników, którzy odmówili mu sprzedania swych firm. Ostatnim był pan Gaillardin.

— Zna go pani?

— Tak.

— Co to za człowiek?

— Bardzo solidny. Ma ładne mieszkanie przy Franciszka I, gdzie mieszka z przyjaciółką, o dwadzieścia lat od niego młodszą. Miał dobrze prosperujące przedsiębiorstwo i żył dostatnio aż do dnia, w którym pan Fumal postanowił utworzyć „Zjednoczone Rzeźnie". To długa historia. Walka trwała dwa lata, ale w końcu pan Gaillardin musiał się poddać.

— Pani nie lubi swojego szefa?

— Bardzo nie lubię, panie komisarzu.

— To czemu pani pracuje dla niego?

Zarumieniła się po raz drugi, ale nie wytrąciło to jej z równowagi.

— Z powodu Felixa.

— A kto to jest Felix?

— Jego szofer.

— Jest pani kochankiem?

— Jeżeli mam mówić bez ogródek, to tak. Jesteśmy zresztą zaręczeni i pobierzemy się, gdy tylko odłożymy dość pieniędzy na kupno oberży w okolicach Giens.

— Czemu tam?

— Bo oboje pochodzimy z tych stron.

— I znała pani narzeczonego przed przybyciem do Paryża?

— Nie, poznaliśmy się dopiero w domu Fumala.

— Czy on wie o waszych projektach na przyszłość?

— Mam nadzieję, że nie.

— A o waszych bliskich stosunkach?

— Znając go, mogę powiedzieć, że się co do tego zorientował. Przed nim trudno jest coś ukryć i sądzę, że nieraz nas szpieguje. Uważa jednak, by się z tym nie zdradzić. Dopóki nie będzie mu to do czegoś przydatne.

— Jak sądzę, Felix, podobnie jak pani, nie darzy go sympatią?

— O, to na pewno!

Młodą kobietę trudno było posądzić o brak szczerości.

— A co z panią Fumal?

— Wyszła za niego wieki temu.

— I jak jej się wiedzie?

— A jak się może wieść przy takim mężu? On ją terroryzuje.

— Co pani przez to chce powiedzieć?

— Że ona jest w tym domu jak taki cień. On bywa wszędzie sam — u znajomych, przyjaciół czy interesantów. O żonę troszczy się mniej niż o służącą, i nigdy jej nie zabiera ze sobą ani do teatru, ani do restauracji, a na lato wysyła ją gdzieś do zapadłej górskiej wioski.

— Czy pani Fumal była kiedyś ładna?

— Chyba nie. Ojciec jej był jednym z bogatszych rzeźników w Paryżu, przy Saint-Honore, a Fumal w tym czasie dopiero się dorabiał.

— Sądzi pani, że ona cierpi z tego powodu?

— Myślę, że może nawet nie. Chyba zobojętniała na wszystko. Wysypia się, popija, czyta książki, nieraz idzie sama do pobliskiego kina.

— Jest od niego młodsza?

— Prawdopodobnie tak, ale tego nie da się zauważyć.

— Ma pani coś więcej do powiedzenia?

— Chyba lepiej już pójdę, aby być w domu, zanim on wróci.

— Pani się tam stołuje?

— Tak, przeważnie tam.

— I jada pani ze służbą?

Po raz trzeci na policzki jej wypłynął rumieniec. Potaknęła.

— To dziękuję pani. Wstąpię tam pewnie jeszcze dziś po południu.

— Ale pan mu nie powie, że ja...

— Bez obaw.

— On jest taki przebiegły...

— Ale ja również!

Patrzył chwilę za nią, gdy szła korytarzem, aż znikła mu z oczu, schodząc po schodach.

Po co, do licha, Ferdinand Fumal wysyłał sam do siebie listy z pogróżkami, a potem prosił policję o zapewnienie mu bezpieczeństwa? Wyjaśnienie nasuwało się samo momentalnie, ale Maigret nie ufał wyjaśnieniom zbyt prostym.

Fumal miał wielu wrogów. Niektórzy z nich nienawidzili go tak bardzo, że mogli posunąć się aż do zamachu na jego życie. Kto wie, czy ostatnio nie dał komuś szczególnych powodów do nienawiści?

Nie mógł przecież zjawić się na policji i oznajmić: „Jestem łajdakiem. Jedna z moich ofiar z pewnością chce mnie zabić. Dajcie mi ochronę". Uciekł się więc do podstępu, pisząc do siebie anonimowe listy, którymi potem wymachiwał przed nosem komisarza.

Czy tak to było? A może panna Bourges kłamała?

Pełen sprzecznych uczuć i niepewności Maigret wspiął się po schodach do laboratorium. Zastał tam Moersa i podał mu arkusik papieru i kopertę, przyniesione przez sekretarkę Fumala.

— Znalazłeś coś?

— Odciski palców.

— Czyich?

— Trzech osób. Jakiegoś mężczyzny o szerokich kwadratowych palcach, do tego twoich i Lucasa.

— To wszystko?

— Tak.

— Ta kartka i koperta są chyba takie, jak tamte od anonimów...

Moers nie potrzebował wiele czasu, aby to potwierdzić.

— Nie badałem oczywiście odcisków palców na kopertach. Bierze je do ręki tyle osób, łącznie z listonoszem.

Gdy Maigret wrócił do swego pokoju, przeszło mu przez myśl, czyby jednak nie posłać do diabła Fumala razem z całą jego historią? No bo jak tu czuwać nad bezpieczeństwem człowieka jeżdżącego po całym Paryżu bez wciągania w to z tuzina inspektorów?

— Co za kawał drania! — mruknął wreszcie ze złością.

Zadzwonił telefon w sprawie pani Britt. Nie posunęła się naprzód, bo ostatni ślad poprowadził donikąd.

— Gdyby ktoś o mnie pytał — rzucił potem, zaglądając do pokoju inspektorów — to mówcie, że będę z powrotem za godzinę albo dwie.

Już na dole wybrał jeden z czarnych wozów.

— Na bulwar Courcelles numer 58 bis.

Znów zaczął padać deszcz. Po twarzach przechodniów widać było, że są już umęczeni i zimnym deszczem, i tym całym błotem.

Dom Fumala, zbudowany zapewne w końcu ubiegłego stulecia, był masywny, z szeroką bramą, z okratowanymi oknami na parterze i bardzo wysokimi oknami na pierwszym piętrze. Po naciśnięciu miedzianego dzwonka w drzwiach stanął służący ubrany w pasiastą kamizelkę.

— Chciałem się widzieć z panem Fumalem.

— Nie ma go w domu.

— W takim razie z panią Fumal.

— Nie wiem, czy pani będzie mogła pana przyjąć.

— Proszę zameldować komisarza Maigret.

Przez okno holu widać było w głębi dziedzińca dawne stajnie, które służyły teraz jako garaże, i w otwartych drzwiach stały tam dwa wozy, co wskazywało, że wielki rzeźnik ma ich przynajmniej trzy.

— Pan będzie łaskaw...

Po szerokich schodach o drewnianych rzeźbionych poręczach weszli na pierwsze piętro, gdzie dwa marmurowe posągi robiły za straż. Tu Maigret został poproszony, by zaczekał, usiadł więc na jakimś bardzo niewygodnym renesansowym krześle.

Służący ruszył na wyższe piętro i długo nie wracał. Słychać było stamtąd prowadzoną półgłosem rozmowę. Do tego gdzieś indziej stukot maszyny do pisania — widocznie panna Bourges siedziała przy pracy.

— Pani przyjmie pana. Ale prosi, by pan jeszcze chwilę poczekał...

Służący zszedł z powrotem na parter, a dopiero po upływie kwadransa do komisarza zbliżyła się pokojówka z wyższego piętra.

— Komisarz Maigret?... Proszę iść za mną...

Atmosfera tego domu była równie przytłaczająca, jak w wielkich salach sądowych. Za dużo tu było przestrzeni, a za mało życia; głosy odbijały się echem od ścian imitujących marmur.

Pokojówka wprowadziła Maigreta do staromodnego salonu z fortepianem pośrodku, otoczonym kilkunastoma fotelami o bardzo wyblakłych obiciach. Minęło jeszcze parę minut, nim wreszcie drzwi się otworzyły i ukazała się w nich kobieta w domowej sukni, z oczami pozbawionymi wyrazu, z twarzą bladą i jakby obrzękłą — ostro kontrastującą z czarnymi jak smoła włosami, czym przypominała wręcz zjawę.

— Proszę mi wybaczyć, że kazałam panu czekać...

Głos jej brzmiał obojętnie, jak u lunatyka.

— Proszę, niech pan siada. Czy rzeczywiście chciał pan widzieć się ze mną?

Louise Bourges napomknęła o tym, że pani Fumal sobie popija, ale było z nią dużo gorzej, niż komisarz przypuszczał. Z twarzy tej kobiety, gdy usiadła na wprost, biło zrezygnowanie, przygnębienie — zdawała się być daleko od normalnego życia.

— Pani mąż odwiedził mnie dziś rano, bo ma powody przypuszczać, iż ktoś czyha na jego życie.

Nie drgnęła nawet, tylko w oczach jej błysnęło przez chwilę coś na kształt zdziwienia.

— Czy mąż mówił pani o tym?

— On mi nigdy o niczym nie mówi.

— A pani zdaniem, mąż ma wrogów?

Najwidoczniej słowa docierały do jej mózgu z trudem; potrzebowała też czasu, by zdobyć się na odpowiedź.

— Myślę, że tak, chyba ma? — padło prawie szeptem.

— Wyszła pani za mąż z miłości?

To już przekraczało jej zdolność rozumienia, bo stwierdziła bezradnie: — Nie wiem.

— Czy pani ma dzieci, pani Fumal?

Pokręciła głową.

— A mąż pragnąłby je mieć?

Powtórzyła jak przedtem:

— Nie wiem.

Potem obojętnym tonem dodała:

— Przypuszczam, że tak.

O co właściwie mógł ją jeszcze zapytać? Nawiązanie z nią jakiegoś kontaktu wydawało się niemożliwe, jakby żyła w innym świecie, a na pewno jakby dzieliła ich gruba tafla szkła.

— Czy czasem nie przeszkodziłem pani w poobiedniej drzemce?

— Nie. Nie robię sobie drzemki.

— To nie pozostaje mi nic innego...

Rzeczywiście nie pozostawało mu nic innego, jak odejść, i miał już zamiar to uczynić, gdy drzwi od salonu otwarły się z impetem.

— Co pan tu robi? — pytał Fumal, rzucając spojrzenie ostre jak nigdy dotąd.

— Jak pan widzi, rozmawiam z pańską żoną.

— Powiedziano mi, że jeden z pańskich ludzi przesłuchuje w tej chwili moich służących na dole. A pana zastaję tu niepokojącego moją żonę, która...

— Chwileczkę, panie Fumal. To pan mnie przecież tutaj ściągnął, prawda?

— Ale nie upoważniłem pana do wtrącania się do mojego osobistego życia.

Maigret ukłonił się kobiecie, która patrzyła na nich, nic nie rozumiejąc.

— Przepraszam panią bardzo. Mam nadzieję, że nie nadużyłem pani cierpliwości.

Właściciel domu szedł za nim do schodów.

— O czym pan z nią rozmawiał?

— Pytałem, czy wie coś o pana wrogach.

— I co odpowiedziała?

— Że pewnie ma pan jakichś, ale ona ich nie zna.

— Czy panu to coś dało?

— Nie.

— Więc?

— Więc nic.

Maigret omal nie spytał go, po co wysyła sam do siebie te anonimowe listy, ale uznał, że to jeszcze nie ten moment.

— Zamierza pan jeszcze z kimś tu mówić?

— Już się tym zajął jeden z moich inspektorów. Sam pan mówił, że jest na dole. I skoro mamy zapewnić panu bezpieczeństwo, to jeden z naszych ludzi powinien też stale panu towarzyszyć w rozjazdach. Bo co z tego, że tu koło domu ktoś czuwa, gdy pan jest na ulicy Rambuteau albo gdzie indziej...

Stali obaj już na schodach. Fumal zamyślony przyglądał się Maigretowi jak człowiek podejrzewający, że szykują na niego zasadzkę.

— Od kiedy by to było?

— Od kiedy pan tylko chce.

— To od jutra rana?

— Dobrze. Przyślę tu kogoś rano. O której pan zwykle wychodzi z domu?

— Nie zawsze jednakowo. Jutro jadę na ulicę Villette około ósmej rano.

— Więc nasz inspektor zjawi się tu o wpół do ósmej.

Słychać było, że na dole otworzyła się i zamknęła brama wjazdowa. Gdy byli już na pierwszym piętrze, ujrzeli kogoś idącego na górę — małego, łysego osobnika, ubranego całkowicie na czarno. Najwidoczniej należał do domowników, bo spojrzał pytająco na Maigreta, a dopiero potem na Fumala.

— To jest komisarz Maigret, Josephie. Mieliśmy pewną małą sprawę do uzgodnienia.

A zwracając się do komisarza, rzekł:

— Joseph Goldman, mój prawnik, jak to się mówi, moja prawa ręka. Wszyscy nazywają go panem Josephem.

Pan Joseph, trzymając pod pachą czarną skórzaną teczkę, obdarzył gościa uprzejmym uśmiechem, ukazując przy tym rząd czarnych pieńków.

— Nie odprowadzę pana już dalej, komisarzu. Victor otworzy panu drzwi.

Victor to był ów służący w pasiastej kamizelce, który czekał teraz na dole.

— I tak jak ustalone, jutro.

— Jak ustalone — powtórzył Maigret.

Nie przypominał sobie, by kiedykolwiek miał takie poczucie bezsilności czy raczej nierzeczywistości. Już sam ten dom robił wrażenie jakiegoś widmowego! Podobnie jak zauważył, że służący, zamykając za nim drzwi, uśmiechnął się szyderczo.

Po powrocie na Quai zastanawiał się, kogo przydzielić do czuwania nad Fumalem, i w końcu wybrał Lapointe'a, któremu dał odpowiednie wskazówki.

— Bądź tam jutro o wpół do ósmej. Masz mu towarzyszyć wszędzie. Zabierze cię do swego samochodu. Możliwe, że będzie próbował cię rozzłościć.

— Niby czemu?

— To mało istotne, ale nie pozwól się sprowokować.

Teraz musiał zająć się sprawą tej Angielki, którą jakoby widziano w Maubeuge. I tak się okaże, że to nie ona, zwykła pomyłka. Nie zliczy już, ile to starych Angielek snuło się po całej Francji.

Zadzwonił Vacher, prosząc o instrukcje.

— Co mam robić? Być tam w domu czy obserwować go tylko z ulicy?

— Jak wolisz.

— To już wolę pozostać na ulicy, mimo pluchy!

Widocznie i on nie czuł się dobrze w atmosferze domu przy bulwarze Courcelles.

— Koło północy ktoś cię zmieni.

— Doskonale, szefie. Dzięki.

Maigret poszedł na obiad do domu. Tej nocy żonę nie bolały już zęby i spała świetnie aż do wpół do ósmej. Nawet jak zwykle podała mu filiżankę kawy do łóżka, gdzie siedział wpatrzony w okno — niebo było zaciągnięte jak od wielu dni.

Wchodząc do łazienki, usłyszał dzwonek telefonu. I głos mówiącej do kogoś żony:

— Tak, tak... Chwileczkę, pan Lapointe...

Niedobrze. Było wpół do ósmej i Lapointe powinien objąć służbę na Courcelles. Skoro telefonował...

— Halo... Słucham cię...

— Szefie, pan słucha... Już po wszystkim...

— Nie żyje?

— Tak.

— Jak to się stało?

— Nie wiadomo. Możliwe, że go otruto. Żadnej rany nie widać. Zdążyłem tylko rzucić okiem. Lekarz jeszcze nie dotarł.

— Zaraz tam będę!

I czy się pomylił, uznając, że Fumal dostarczy mu... cóż, samych kłopotów?

3

Przeszłość służącego
i lokator z trzeciego piętra

Goląc się, Maigret doznawał jakby wyrzutów sumienia. Czy mogła przyczynić się do tego osobista niechęć, jaką żywił do Fumala? I stąd może nie spełnił należycie swego obowiązku. Tamten przyszedł przecież prosić o ochronę... Ale drażniąca była również ta jego pewność siebie, powoływanie się na stosunki z ministrem i niedwuznaczne prawie groźby pod adresem komisarza.

Niemniej jednak on powinien był zrobić wszystko, co trzeba. Czy wywiązał się z tego w pełni? Poszedł sam na Courcelles, ale już nie zadał sobie trudu, by sprawdzić wszystkie drzwi i możliwe wejścia do domu — odkładając to do następnego dnia, tak samo zresztą, jak przesłuchanie po kolei wszystkich domowników.

Uznał za wystarczające postawienie inspektora na straży przed domem. O wpół do ósmej, gdyby Fumal żył, Lapointe miał towarzyszyć mu wszędzie, podczas gdy Lucas miał prowadzić przesłuchania na ulicy Rambuteau i w pozostałych miejscach.

Czy on sam postąpiłby inaczej, gdyby ten człowiek nie był tak antypatyczny i gdyby nie miał do niego zadawnionej urazy — no i gdyby Fumal nie czuł się taki ważny w Paryżu?

Przed śniadaniem zatelefonował do prokuratury i potem na Quai des Orfevres.

— Nie zażądałeś, by ci przysłali wóz? — zapytała tylko pani Maigret, która w takich sytuacjach mówiła jak najmniej.

— Wezmę taksówkę.

Bulwary były prawie puste, u wylotów metra pokazywały się tylko ciemne sylwetki ludzi, znikające zaraz w bramach domów. Przed numerem 58 bis przy bulwarze Courcelles stał samochód lekarza i gdy komisarz zadzwonił, drzwi otworzono mu natychmiast.

Służący, którego widział poprzedniego dnia, nie zdążył się jeszcze ogolić, ale włożył już swoją kamizelkę w czarne i żółte pasy. Miał bardzo gęste krzaczaste brwi i Maigret przyglądał mu się uważnie, jak człowiek usiłujący sobie coś przypomnieć.

— Gdzie to jest? — rzucił pytanie.

— Na pierwszym piętrze, w gabinecie.

Wchodząc po schodach, obiecywał sobie zająć się trochę później tym Victorem; coś go w nim zaintrygowało... Lapointe wyszedł do niego na podest, który robił tu za swego rodzaju poczekalnię.

— Pomyliłem się, szefie, przepraszam. Nie mogłem od razu zauważyć tej rany...

— Czyli nie został otruty?

— Nie. Gdy lekarz go odwrócił, dostrzegł ranę w plecach w okolicy serca. Strzał oddany był z bardzo bliska.

— Gdzie jego żona?

— Nie wiem. Nie była tu jeszcze.

— A sekretarka?

— Chyba jest gdzieś w pobliżu. Niech pan idzie ze mną. Jeszcze się nie zorientowałem w rozkładzie tego domu.

Obszerny salon we frontowej części domu, z widokiem na barierki Parku Monceau, robił wrażenie niezamieszkałego i mimo centralnego ogrzewania, czuło się tu wilgoć.

Stąd korytarz wyłożony czerwonym chodnikiem wiódł na prawo do otwartego pokoiku wyglądającego na małe biuro, z widokiem na podwórze. Przy oknie stała tam Louise Bourges z jedną z pokojówek. Żadna z nich nie odzywała się, a Louise patrzyła tylko na Maigreta z niepokojem — zastanawia-

— 38 —

ła się pewnie, jak się do niej odniesie po tej wizycie na Quai des Orfevres poprzedniego dnia.

— Gdzie on jest? — zapytał krótko.

Wskazała ręką na drzwi.

— Tam.

Drugie biuro było obszerniejsze, też z czerwonym dywanem, urządzone w stylu empire. Zmarły leżał na podłodze, koło fotela, a obok klęczał lekarz, którego Maigret nie znał.

— Powiedziano mi, że strzelono do niego z bardzo bliska?

Lekarz potaknął. Komisarz zauważył, że zmarły nie był przebrany na noc, tylko miał garnitur znany mu z poprzedniego dnia.

— O której mogło się to stać?

— Na pierwszy rzut oka wydaje się, że między jedenastą a dwunastą, tak około.

Mimo woli przypomniała się Maigretowi wioska Saint-
-Fiacre, szkolny dziedziniec i gruby chłopak, którego nikt nie lubił i którego nazywano Gruby Ferdek albo Bum-Bum.

Odwracając ciało, lekarz nadał mu dziwną pozę — wyciągnięte ramię zdawało się wskazywać kąt pokoju, gdzie nie było nic poza Nimfą z żółtawego marmuru, stojącą na postumencie.

— Przypuszczam, że śmierć nastąpiła natychmiast?

Rana była tak olbrzymia, że pięść weszłaby w nią bez problemu, więc pytanie było raczej zbędne. A sam komisarz czuł się nieswojo. Bo wszystko w tej sprawie było nietypowe.

— Powiadomiono już jego żonę?

— Sądzę, że tak.

Maigret przeszedł do sąsiedniego pokoju i zadał to samo pytanie sekretarce:

— Powiadomiono już jego żonę?

— Tak. Noemi poszła jej to powiedzieć.

— I ona jeszcze tu nie zeszła?

Mówiąc to, zdał sobie sprawę, że stosunki w tym domu są inne niż wszędzie.

— Kiedy widziała go pani ostatni raz?

— Wczoraj wieczorem, około dziewiątej.

— Wzywał panią?

— Tak.

— Dlaczego?

— Chciał mi podyktować listy. Mój stenogram leży jeszcze na biurku. Nie zdążyłam go przepisać na maszynie.

— To jakieś ważne listy?

— Takie same jak wszystkie. On lubił dyktować mi listy wieczorem.

Nie potrzebowała nic dodawać, aby Maigret zrozumiał, co miała na myśli: jej szef wzywał ją wieczorem po to tylko, by jej jeszcze dokuczyć. Czyż Ferdinand Fumal nie spędzał życia na dręczeniu wszystkich wokół siebie?

— Czy był tu ktoś u niego?

— Przy mnie nie było nikogo.

— Czy oczekiwał kogoś?

— Myślę, że tak. Ktoś do niego telefonował i wtedy pozwolił mi iść spać.

— Która to była godzina?

— Wpół do dziesiątej.

— I pani zaraz poszła spać?

— Tak.

— Sama?

— Nie.

— Gdzie jest pani pokój?

— Tam, gdzie inne pokoje służbowe, nad stajniami, które obecnie przerobione są na garaże.

— Czyli tutaj w domu sypiali państwo Fumal sami?

— Nie. Victor ma pokój na parterze.

— To ten służący, prawda?

— On jest jednocześnie lokajem, odźwiernym i gońcem.

— A jest żonaty?

— Nie. W każdym razie nic o tym nie słyszałam. Zajmuje mały pokój z takim okrągłym okienkiem, wychodzącym na podjazd domu.

— To dziękuję pani.

— I co mam teraz robić?

— Czekać. Gdy przyniosą pocztę, proszę mi ją dać do przejrzenia. Ciekaw jestem, czy nadejdzie jeszcze jeden anonim.

Wydało mu się, że Louise poczerwieniała, ale nie był tego pewny. Usłyszeli na schodach kroki. Był to zastępca prokuratora i towarzyszący mu młody sędzia śledczy, Planche, z którym Maigret nigdy jeszcze nie pracował. Za nimi szedł protokolant sądowy, wyraźnie zakatarzony. Prawie zaraz po ich przybyciu znów otwarto bramę, by wpuścić auto, którym przybyła ekipa policyjna.

Louise Bourges dalej stała przy oknie w swoim biurze, czekając na dyspozycje Maigreta, i do niej właśnie zwrócił się on parę minut później.

— Kto poszedł do pani Fumal?

— Noemi.

— To jej pokojówka?

— Ona obsługuje drugie piętro. Bo pan Fumal miał sypialnię tu, na pierwszym piętrze, obok gabinetu.

— Może pani zobaczy, co się tam dzieje na górze.

Widząc, że się waha, dodał:

— Czego się pani boi?

— Niczego.

Wyglądało to co najmniej dziwnie, że żona zabitego dotąd nie zeszła na dół i że nie słychać było u niej na górze żadnej krzątaniny.

Od chwili nadejścia Maigreta Lapointe w milczeniu zaglądał do wszystkich kątów w poszukiwaniu broni. Otworzył przy tym drzwi do bardzo obszernego sypialnego pokoju, utrzymanego również w stylu empire, gdzie na posłanym łóżku przygotowana była piżama i szlafrok.

Mimo dużych okien w domu było raczej ciemno, zapalono więc parę lamp; fotografowie ustawili swoje aparaty, a urzędnicy z prokuratury rozmawiali półgłosem w kącie pokoju, czekając na przybycie lekarza sądowego.

— Ma pan już jakąś koncepcję, Maigret?

— Żadnej.

— Znał go pan?

— Znałem go jeszcze, będąc w szkole, w mojej wiosce. A wczoraj przyszedł do mnie do biura. Przedtem był u ministra spraw wewnętrznych, który polecił go naszej opiece.

— Z jakiego powodu?

— Od pewnego czasu dostawał anonimowe listy z pogróżkami.

— I co pan zrobił na to?

— Jeden z inspektorów pilnował jego domu na zewnątrz, a drugi miał właśnie od rana pilnować go w rozjazdach.

— Zdaje się, że morderca nie pozostawił na miejscu broni.

Lapointe nic nie znalazł. Innym też nie poszło lepiej. Maigret, z rękoma w kieszeniach, zszedł po schodach na parter, a potem, nie odzywając się, przytknął nos do tego wspomnianego okrągłego okienka z zewnątrz.

Pokój przypominał dyżurkę dozorcy; stało tam łóżko z rozrzuconą pościelą, szafa z lustrem, gazowy piecyk, stół i etażerka z książkami. Na krześle, opierając ręce o poręcz, siedział okrakiem służący i patrzył nieruchomo przed siebie.

Komisarz zapukał lekko do okna, a tamten drgnął niespokojnie i zmarszczył brwi, by dopiero po chwili wstać i otworzyć.

— Pan mnie poznał? — spytał od razu, z przerażeniem wypisanym na twarzy.

Już poprzedniego dnia Maigret odniósł wrażenie, że gdzieś go widział, ale nie mógł sobie przypomnieć gdzie.

— Ja pana od razu poznałem.

— Kim jesteś?

— Pan mnie nie mógł kojarzyć, bo jestem dużo młodszy od pana. Byłem mały, kiedy pan już wyjechał.

— Skąd wyjechałem?

— Z Saint-Fiacre przecież! Nie pamięta pan Nicolasa?

Tego Maigret pamiętał. Był to stary pijak, pracujący dorywczo u różnych gospodarzy, a w niedzielę zarabiający biciem w dzwony w kościele. Mieszkał w chatce na skraju lasu i miał dość dziwne upodobania, bo żywił się krukami i tchórzami.

— To był mój ojciec.

— Już nie żyje?

— Od dawna.

— A ty jak dawno jesteś w Paryżu?

— Nie czytał pan o mnie w gazetach? Była tam nawet moja fotografia. Miałem wielkie przykrości. W końcu jednak sędziowie doszli do wniosku, że nie zrobiłem tego umyślnie. Miał szczeciniaste włosy, niskie czoło.

— Opowiedz, co to było.

— Zajmowałem się kłusownictwem, to prawda i od razu się do tego przyznałem.

— Bo zabiłeś leśniczego?

— Czytał pan o tym?

— Którego to leśniczego?

— Był taki jeden, młody, pan go nie znał. On ciągle mnie tropił. Przysięgam, że nie zrobiłem tego umyślnie. Chciałem upolować sarnę i kiedy usłyszałem w krzakach szelest...

— Powiedz lepiej, skąd ci przyszło do głowy tu trafić?

— Mnie to wcale do głowy nie przyszło.

— Fumal sam ci zaproponował służbę tutaj?

— Tak. Potrzebował zaufanego człowieka. Pan nie odwiedza nigdy swoich rodzinnych stron, a pana tam pamiętają i można powiedzieć, że są z pana dumni. A pan Fumal, kiedy się dorobił, to się tam zjawił i odkupił ten pałac w Saint-Fiacre...

Maigretowi lekko ścisnęło się serce. Urodził się tam, wprawdzie w służbowym budynku, ale to pozostało dla niego wspomnieniem dzieciństwa, a hrabina de Saint-Fiacre długi czas uosabiała w jego oczach ideał kobiety.

— No jasne — mruknął.

Fumal otaczał się ludźmi, nad którymi miał władzę, czyż nie? W tym przypadku potrzebował nie tyle służącego, ile oddanego niewolnika, który by czuwał niczym pies na łańcuchu

— sprowadzony do Paryża typek, którego wybawił od długich lat ciężkich robót.

— To on opłacił wtedy twojego adwokata?

— Skąd pan to wie?

— Opowiedz mi lepiej, co tu się działo wczoraj wieczorem.

— Nic się nie działo. Pan nigdzie nie wychodził.

— O której wrócił do domu?

— Około ósmej wieczorem, na obiad.

— Jadł sam?

— Z panną Louise.

— Wóz odstawiono do garażu?

— Tak. Zawsze tam stoją. Wszystkie trzy.

— Sekretarka jada przeważnie razem ze służbą?

— Lubi tak, ze względu na Felixa.

— I wszyscy wiedzą o jej związku z Felixem?

— To nietrudno zauważyć.

— Twój pracodawca też o tym wiedział?

Victor nie odpowiadał i Maigret skwitował:

— Wiedział oczywiście od ciebie?

— Zapytał mnie...

— I ty mu powiedziałeś?

— Tak.

— Jeżeli dobrze rozumiem, to donosiłeś mu o wszystkim, co się działo w pokojach służby?

— Płacił mi za to.

— Powróćmy do wczorajszego wieczoru. Opuszczałeś swój pokój?

— Nie. Germaine przyniosła mi tu obiad.

— Zawsze tu wieczorem jadasz?

— Tak.

— Która to jest ta Germaine?

— Najstarsza ze służących.

— A ktoś wieczorem wchodził do domu?

— Pan Joseph wrócił około dziewiątej trzydzieście.

— To znaczy, że on tu mieszka?

— To pan nie wiedział?

Maigret miał co do tego podejrzenia.

— Opowiedz mi wszystko szczegółowo. Gdzie jest jego pokój?

— To nie jest jeden pokój, ale cały apartament na trzecim piętrze. To wprawdzie poddasze, z niskim sufitem, ale pokoje są większe niż te nad garażem. Przedtem zajmowała je służba.

— Od jak dawna on tu mieszka?

— Nie wiem. Już go tu zastałem.

— A ty jak dawno tu jesteś?

— Od pięciu lat.

— I gdzie pan Joseph się stołuje?

— Przeważnie w barze na Bulwarach Batignolles.

— On jest samotny?

— Wdowiec, chyba.

— Zdarza mu się spędzać noc poza domem?

— Tylko wtedy, gdy wyjeżdża poza Paryż.

— A dużo tak podróżuje?

— Do niego należy sprawdzanie ksiąg w lokalnych oddziałach.

— I o której to, powiadasz, wczoraj wrócił?

— Około dziewiątej trzydzieści.

— I więcej nie wychodził?

— Nie.

— I nikt więcej nie przychodził?

— Pan Gaillardin.

— A skąd ty go znasz?

— Często przecież otwierałem mu drzwi. Dawniej przyjaźnił się z panem Fumalem. Potem widocznie były między nimi jakieś niesnaski i wczoraj od miesięcy był tu pierwszy raz...

— I ty od razu wpuściłeś go do domu?

— Pan telefonował do mnie, bym go wpuścił. Mamy telefon wewnętrzny.

— Która to była godzina?

— Pewnie dziesiąta. Wie pan, całe życie orientowałem się co do czasu wedle słońca i rzadko kiedy spoglądam tu na zegarek. Zwłaszcza że mój spieszy się zwykle co najmniej dziesięć minut.

— Jak długo on był tam na górze?

— Nie dłużej niż kwadrans.

— Ty mu potem otwierałeś, by mógł wyjść?

— Przyciskiem, tutaj mam taki, jak portierzy w domach.

— Ale widziałeś, że wychodził?

— Oczywiście.

— Spojrzałeś na niego?

— No, tak...

Zawahał się, jakby czymś zaniepokojony.

— To zależy, co ma znaczyć, że „spojrzałem na niego". W przejściu jest dosyć ciemno. Ja nie przykładam twarzy do szyby okienka. Ale na pewno widziałem go! I poznałem. To na pewno był on.

— Ale nie zauważyłeś, w jakim nastroju wychodził?

— Tego nie wiem.

— A twój pan telefonował jeszcze potem do ciebie?

— Niby po co?

— Odpowiedz na pytanie.

— Nie... Chyba nie... No zaraz... Nie... Położyłem się. Poczytałem w łóżku gazetę, a potem zgasiłem światło.

— Czyli po wyjściu pana Gaillardina nikt już nie wchodził do domu?

Victor otworzył już usta, ale się rozmyślił.

— Tak było? — naciskał Maigret.

— Tak było, oczywiście... Ale mogło też być inaczej... Trudno tak w paru słowach wszystko opisać... Nie wiem, co oni panu opowiadali...

— Kto?

— No, panna Louise, Noemi albo Germaine.

— Ktoś mógł więc ostatniej nocy wejść do domu, nie będąc przez ciebie widziany?

— Pewnie, że tak.

— Kto?

— Choćby sam mój pan, on mógł zawsze wychodzić i wracać. Nie zauważył pan małych bocznych drzwi od ulicy Prony? To dawne wejście dla służby i pan miał do niego klucz.

— I posługiwał się nim czasem?

— Nie wiem tego. Ale nie sądzę.

— Kto jeszcze miał taki klucz?

— Pan Joseph. Jestem tego pewny, bo nieraz widziałem, jak wychodził rano, chociaż wieczorem nie wpuszczałem go przez główne wejście.

— I ktoś jeszcze?

— Możliwe, że ta panienka...

— Kogo masz na myśli?

— Przyjaciółkę pana Fumala, tę ostatnią, niedużą brunetkę. Nie wiem nawet, jak się nazywa, ale mieszka niedaleko, na ulicy Etoile.

— Czy przychodziła tu ostatniej nocy?

— Powtarzam panu, że tego nie wiem. Kiedyś, wie pan, przy tej historii z leśniczym, tak długo i dużo mnie wypytywano, że w końcu zacząłem opowiadać coś, czego w ogóle nie było. Kazano mi to potem podpisywać i wykorzystywano przeciwko mnie.

— Ty lubiłeś swojego pracodawcę?

— Jakie to może mieć znaczenie?

— Odmawiasz odpowiedzi?

— Mówię tylko, że to nieważne i że to wyłącznie moja sprawa.

— Jak wolisz.

— Jeżeli mówię tak, proszę pana, to chyba...

— Rozumiem.

Lepiej było na razie więcej nie pytać i Maigret wolnym krokiem powrócił na pierwsze piętro.

— Czy pani Fumal nie przychodziła tu jeszcze? — zapytał sekretarki.

— Woli go nie oglądać, dopóki go stąd nie pozbierają.

— Jak ona się czuje?

— Jak zwykle.

— Nie wydawała się zaskoczona?

Louise Bourges wzruszyła ramionami. Dużo gorzej niż dzień wcześniej panowała nad nerwami i Maigret zauważył parę razy, jak gryzła paznokcie.

— Nie znalazłem żadnej broni, szefie. Pytają mnie też, czy mogą przewieźć ciało do Instytutu Medycyny Sądowej.

— A co na to sędzia śledczy?

— Nie wnosi sprzeciwu.

— To i ja się zgadzam.

W tej chwili wszedł Victor z listami i zatrzymał się z wahaniem, nim ruszył w stronę Louise Bourges.

— Proszę mi je podać! — wtrącił się Maigret.

Listów było mniej, niż się spodziewał. Niewątpliwie większość korespondencji Fumala adresowano do jego różnych biur. Tu były przede wszystkim rachunki, parę zaproszeń na imprezy dobroczynne, list od przedstawiciela w Nevers i wreszcie koperta, którą komisarz od razu poznał. Louise Bourges przyglądała mu się z daleka.

Adres był wypisany ołówkiem. Kawałek taniego papieru zawierał tylko dwa słowa: „Ostatnie ostrzeżenie".

Czyż nie była to w tej sytuacji ponura ironia?

W tejże bowiem chwili Ferdinand Fumal, ułożony na noszach, opuszczał swój dom przy bulwarze Courcelles, na wprost głównego wejścia do Parku Monceau z mokrymi od deszczu drzewami.

— Poszukaj mi w książce telefonicznej niejakiego Gaillardina, mieszka przy Franciszka I...

I zaraz też sekretarka podała książkę Lapointe'owi.

— Roger? — zapytał ten po chwili.

— Tak. Połącz mnie z nim.

Telefonu od inspektora nie odebrał jednak mężczyzna.

— Pani wybaczy, ale czy mogę z panem Gaillardinem?... Tak... Słucham?... Nie ma go w domu?

Lapointe rzucił pytające spojrzenie Maigretowi.

— To jest pilne... Nie wie pani, czy może być w biurze?... Nie wie pani? Sądzi pani, że poza Paryżem?... Chwileczkę, proszę się nie rozłączać...

— Zapytaj ją, czy nocował w domu.

— Halo? A czy pan Gaillardin spędził tę noc w domu?... Nie... Kiedy widziała go pani ostatni raz?... Razem na obiedzie, tak?... U Fouqueta... Rozstał się z panią o... Nie dosłyszałem... Było po wpół do dziewiątej... I nie mówił pani, dokąd jedzie... Rozumiem... Tak... Dziękuję pani. . Nie, już nic więcej.

Objaśnił wszystko Maigretowi:

— Z tego, co zrozumiałem, nie była to jego żona, ale kochanka, i chyba nie ma on zwyczaju spowiadać się jej...

Dwóch inspektorów, którzy od dawna już byli na miejscu, ruszyło z pomocą ludziom z brygady kryminalnej.

— Posłuchaj, Neveu, pojedziesz na ulicę Franciszka I... Adres znajdziesz w książce telefonicznej... Gaillardin... Postaraj się dowiedzieć, czy gość zabrał jakieś bagaże i czy w ogóle była to planowana podróż, i co tam się da... Może znajdziesz gdzieś tam jego fotografię... Na wszelki wypadek podaj wtedy jego rysopis komisariatom na dworcach kolejowych i lotniskach...

Wszystko to wydawało się zbyt proste i Maigret odnosił się do tego bardzo sceptycznie.

— Czy pani wiedziała — zwrócił się do Louise Bourges — że Gaillardin miał tu być wczoraj wieczorem?

— Jak już panu mówiłam, wiem, że ktoś telefonował i że pan Fumal odpowiedział coś w rodzaju: „Dobrze, zgoda".

— W jakim był przy tym nastroju?

— Normalnym.

— A pan Joseph często wieczorem wchodził do jego gabinetu?

— Chyba tak.

— Gdzie w tej chwili jest pan Joseph?

— Myślę, że na górze.

Może był tam chwilę wcześniej, ale teraz widzieli, jak idzie w dół po schodach, rozglądając się wokoło ze zdumieniem.

Widok ten był zupełnie nieoczekiwany — przy ciągłym wchodzeniu i wychodzeniu coraz to innych ludzi zadziwiające było zjawienie się tego siwego człowieczka, który z całym spokojem, jakby nic się nie stało, zapytał:

— Co się tu dzieje?

— Nic pan nie słyszał? — zapytał z niedowierzaniem Maigret.

— Co miałem słyszeć? Gdzie jest pan Fumal?

— Nie żyje.

— Co pan powiedział?

— Powiedziałem, że nie żyje i że go już nawet nie ma tu w domu. Taki mocny ma pan sen, panie Josephie?

— Taki sam, jak inni.

— Nie słyszał pan tutaj nic od wpół do ósmej rano?

— Słyszałem, że ktoś wchodził do pokoju pani Fumal, nad którą tu mieszkam.

— O której poszedł pan wczoraj spać?

— Około wpół do jedenastej.

— A kiedy rozstał się pan ze swoim pracodawcą?

Mały człowiek zdawał się ciągle nie pojmować, co tu się zdarzyło.

— Dlaczego zadaje mi pan takie pytania?

— Dlatego, że pan Fumal został zamordowany. Czy schodził pan do jego pokoju wczoraj po obiedzie?

— Nie tyle schodziłem, co wstąpiłem do niego, wracając do domu.

— Która to była godzina?

— Pewnie wpół do dziesiątej. Może troszkę później.

— A co następnie było?

— Następnie nic. Poszedłem do siebie, popracowałem z godzinkę i położyłem się spać.

— Nie słyszał pan strzału?

— U mnie na górze nie słychać żadnych odgłosów z tego piętra.

— Ma pan rewolwer?

— Ja? Nigdy w życiu nie trzymałem broni w ręku. Od służby wojskowej byłem zwolniony, słabe zdrowie.

— A wiedział pan, że Fumal ma takowy?

— Kiedyś mi go pokazywał.

Wreszcie go odnaleziono, pod papierami na półce nocnego stolika, rewolwer produkcji belgijskiej, lata nie używany i tym samym bez znaczenia w tym dramacie.

— Czy pan wiedział też, że Fumal oczekuje kogoś wieczorem?

W tym domu nikt nie odpowiadał na pytania od razu; po każdym była chwila milczenia, jakby pytany musiał sobie powtórzyć te słowa parę razy, aby je zrozumieć.

— A kogo niby?

— Niech pan nie udaje wariata, panie Josephie. A właściwie, to jak się pan naprawdę nazywa?

— Joseph Goldman. Słyszał pan to wczoraj, gdy byłem przedstawiany.

— Czym się pan trudnił, zanim trafił pan na służbę do Fumala?

— Byłem komornikiem przez dwadzieścia dwa lata. A co do mojej niby tu służby, to niewłaściwie ją pan nazwał. Jakbym był sługą albo niewolnikiem. W rzeczywistości byłem jego przyjacielem i najbliższym doradcą.

— Chce pan przez to powiedzieć, że starał się uczynić różne jego nieuczciwe machinacje mniej lub więcej legalnymi?

— Niech pan uważa, komisarzu. Są tu świadkowie.

— I cóż z tego?

— Mogę pociągnąć pana do odpowiedzialności za oszczerstwo.

— Niech pan lepiej mówi, co wie o wizycie Gaillardina?

Mały człowiek zacisnął swoje, i tak już wąskie, usta.

— Nic.

— I zapewne nie wie pan również nic o niejakiej Martine, która mieszka przy Etoile i ma prawdopodobnie, tak jak pan, klucz od bocznych drzwi?

— Nie interesują mnie żadne kobiety.

Maigret, który przebywał w tym domu niewiele ponad półtorej godziny, miał nieznośne uczucie przytłaczającej duchoty; chętnie by wyszedł na świeże powietrze, mimo że było tam bardzo wilgotno.

— Muszę jednak pana tu zatrzymać.

— Nie mogę się udać na Rambuteau? Tam czekają na mnie ważne sprawy. Pan, zdaje się, zapomina, że my zaopatrujemy w mięso przynajmniej jedną ósmą część Paryża! Że wobec tego...

— Ale wtedy jeden z moich inspektorów będzie panu towarzyszył.

— Co to ma znaczyć?

— Nic, panie Josephie. Absolutnie nic!

Maigret był rozdrażniony do ostateczności. Urzędnicy prokuratury, siedzący przy stole w dużym salonie, kończyli spisywać swoje protokoły. Sędzia Planche zwrócił się do komisarza, pytając:

— Widział się pan z nią?

Miał, oczywiście, na myśli panią Fumal.

— Nie, jeszcze nie.

Powinien był tam pójść. Powinien był też przesłuchać Felixa i innych służących. Trzeba było odszukać Rogera Gaillardina, a także przepytać tę Martine Gilloux, która miała, być może, klucz do drzwi.

Wreszcie należy przeprowadzić rozmowy z urzędnikami na ulicy Rambuteau i La Villette, co może da jakieś wskazówki...

Maigret już z góry odczuwał pewne zniechęcenie. Źle się do tego wszystkiego zabrał. Fumal przyszedł do niego, szukając ochrony. Komisarz nie uwierzył mu i tak Fumal ginie od strzału w plecy. Niedługo też, bez wątpienia, sam minister spraw wewnętrznych zadzwoni w tej sprawie do dyrektora policji kryminalnej.

Jakby mało było tej Angielki, która się ulotniła!

Louise Bourges przyglądała mu się z daleka, jak gdyby próbowała odgadnąć jego myśli; a właśnie o niej myślał, zastanawiając się, czy naprawdę zastała swego szefa piszącego do siebie owe anonimy.

Jeśli nie, wszystko wyglądałoby inaczej.

4

Pijana kobieta
i natrętny fotograf

Blisko trzydzieści lat temu, gdy Maigret zaraz po ślubie był jeszcze sekretarzem w komisariacie przy Rochechouart, żona często przychodziła po niego w południe do biura. Jedli coś na szybko, pragnąc jak najdłużej przechadzać się razem po ulicach i bulwarach Paryża, i Maigret pamiętał, że kiedyś wiosną byli też w tym właśnie Parku Monceau, który teraz miał czarno na białym przed sobą za oknem.

Widziało się tam wtedy więcej niż teraz nianiek — większość w schludnych kostiumach. Popychały przed sobą wózki, wyglądające na luksusowe, a wzdłuż alejek stały żelazne, malowane na żółto ławki, na których zasiadały starsze damy we fioletowych kapelusikach, rzucające chleb ptakom.

„Kiedy zostanę komisarzem...” — zwykł żartować wtedy Maigret.

Oboje spoglądali przy tym przez ogrodzenie, połyskujące w słońcu, na luksusowe posesje naprzeciw parku, na ich okna, za którymi, jak się wydawało, ludzie muszą prowadzić szczęśliwe i spokojne życie.

A teraz osobiście, w tym samym Paryżu, miał do czynienia z brutalną, i to nieraz dzień po dniu, rzeczywistością, jakże często demaskował ukrytą pod pozorami cnoty odrażającą prawdę o czyimś życiu; choć na szczęście sam ciągle pozostawał wierny wielu swym dziecięcym i młodzieńczym ideałom.

Czyż nie wyznał kiedyś, że chciałby zostać takim „naprawiaczem przeznaczenia”, który przywracałby ludziom ich właściwe miejsce, a światu poprzez to właściwy porządek?

Prawdopodobnie w ośmiu na dziesięć tych eleganckich domów otaczających park więcej było dramatów niż szczęścia. Choć rzadko on sam oddychał atmosferą równie ciężką i przytłaczającą, jak w tych akurat murach. Wszystko tu było fałszywe, zgrzytało, jak tylko minęło się tę stróżówkę dozorcy-lokaja — choć ani dozorcy, ani lokaja, tylko byłego kłusownika, na dodatek mordercy, ubranego w pasiastą kamizelkę do roli podwórzowego psa.

I co naprawdę robił ten podejrzany komornik, pan Joseph, w lokalu na poddaszu?

Ta Louise Bourges, marząca, by poślubić szofera i otworzyć z nim oberżę w Giens, też nie budziła zaufania.

Eks-rzeźnik z wioski Saint-Fiacre równie jak wszyscy inni nie pasujący do tej eleganckiej siedziby; podobnie boazerie, meble dobrane jak w hotelu, pasujące nijak do tych posągów przy schodach.

A tym, co najbardziej przeszkadzało komisarzowi, były złe zamiary Fumala kryjące się za każdym jego słowem i posunięciem; jakby wierzył tylko w taki sens wszelkich działań.

Była już dziesiąta, gdy Maigret zostawił współpracowników na pierwszym piętrze, a sam ruszył na górę. Na drugim piętrze nie spotkał nikogo ze służby i nikt nie przeszkodził mu wejść do obszernego salonu z kilkunastoma fotelami, gdzie chrząknął też znacząco, by zasugerować swą obecność.

Nikt się nie wyłonił. Żadnego odgłosu kroków. Podszedł więc do wpółuchylonych drzwi prowadzących do mniejszego salonu, gdzie na małym stoliku stała taca ze śniadaniem.

Zapukał wtedy do trzecich jeszcze drzwi, nasłuchując uważnie, bo zdawało mu się, że ktoś się tam porusza, i w końcu nacisnął klamkę.

Był to pokój pani Fumal, która siedziała na łóżku, patrząc na jego wejście z ogłupiałym wyrazem twarzy.

— Przepraszam za to najście. Nie spotkałem po drodze nikogo ze służby. Przypuszczam, że wszyscy oni są akurat na dole z moimi inspektorami.

Wyraźnie ani się jeszcze nie czesała, ani nie myła. Nocna koszula odsłaniała jedno ramię i krągłość bladej piersi. Dzień wcześniej mógł jeszcze mieć wątpliwości. Teraz był pewny, że stoi przed kobietą, która pije — i to nie tylko przed spaniem, ale już od samego rana, bo smród alkoholu czuło się w całym pokoju.

Żona rzeźnika przyglądała mu się nadal bez słowa, a w jej wzroku dostrzegł po chwili jakby pewne odprężenie, a nawet przebłysk rozbawienia.

— Chyba już powiedziano pani, co się stało?

Potaknęła tylko, ale w oczach nie widać było żadnego żalu.

— Pani mąż nie żyje. Ktoś go zamordował.

Ochrypłym nieco głosem odezwała się wreszcie:

— Zawsze myślałam, że to się tak skończy.

I zaśmiała się cichutko; była pijana bardziej, niż się wydawało.

— Pani się tego spodziewała?

— Przy nim mogłam się wszystkiego spodziewać.

Wskazując też ręką na rozgrzebane łóżko i bałagan w pokoju, mruknęła:

— Bardzo pana przepraszam...

— Nie jest pani ciekawa, co tam na dole?

— A niby czemu?

Nagle wyraz jej oczu jakby się zaostrzył.

— Ale on naprawdę nie żyje, tak?

Gdy Maigret potwierdził, wsunęła rękę pod poduszkę, wyciągnęła butelkę i przyłożyła ją do ust.

— Za jego zdrowie! — zażartowała.

Widać było jednak, że Fumal, nawet nieżyjący, napełnia ją lękiem, bo patrząc niespokojnie na drzwi, zapytała Maigreta:

— On jest jeszcze w domu?

— Właśnie zabrali go do Instytutu Medycyny Sądowej.

— I co z nim tam będą robić?

— Muszą zrobić sekcję.

Czy ta wiadomość, że będą krajać zwłoki jej męża, wywołała na jej ustach złośliwy uśmieszek? Może w jej mniemaniu był to rodzaj zemsty, rekompensata za wszystko, co od niego wycierpiała?

Kiedyś była taką samą dziewczyną, a potem taką samą kobietą, jak wszystkie inne. Jakie życie musiał jej stworzyć Fumal, skoro doprowadził ją do tak opłakanego stanu?

Maigret widział już nieraz taką ruinę człowieka, ale prawie zawsze w obskurnych lokalach, w najuboższych dzielnicach, gdzie z reguły powodem upadku był niedostatek.

— Czy on może zaglądał wczoraj tu do pani?

— Niby kto?

— Pani mąż.

Pokręciła głową.

— Ale czasem odwiedzał panią?

— Czasem tak, ale wolałam go nie widywać.

— I pani też nie schodziła do jego gabinetu?

— Nigdy tam nie wchodzę. Właśnie w tym gabinecie rozmawiał ostatni raz z moim ojcem, a trzy godziny później ojca znaleziono powieszonego.

To właśnie było chyba słabostką Fumala — rujnować ludzi, i to nie tylko tych, którzy mu stawali na drodze i zawadzali, ale i innych, tak sobie, by potwierdzić swoją potęgę, nabrać pewności.

— Nie wie też pani, kto odwiedzał go poprzedniego wieczoru?

Maigret uznał, że musi potem wydać polecenie któremuś z inspektorów, by przeszukano jej pokoje. Jego samego napawało to odrazą. Ale tak trzeba. Nie można wykluczyć, że ta kobieta mogła się w końcu zdobyć na zastrzelenie męża i że broń znajduje się gdzieś w jej sypialni.

— Ja nic nie wiem... I nic nie chcę wiedzieć... Wie pan, co teraz chcę?... Zostać zupełnie sama i...

Maigret nie usłyszał reszty. A stojąc niedaleko łóżka, dostrzegł, że jej wzrok wybiega gdzieś poza niego. W tej samej chwili błysnął flesz, a kobieta, odrzuciwszy kołdrę, z niespodziewaną energią rzuciła się na stojącego w progu fotoreportera.

Próbował ratować się ucieczką, ale aparat znalazł się w jej ręku i z furią walnęła nim o podłogę, po czym podniosła go tylko po to, by powtórzyć rzecz z większą siłą.

Zdegustowany Maigret rozpoznał reportera jednej z wieczornych gazet. Ktoś, tylko kto, musiał zawiadomić dziennikarzy i pewnie teraz na dole roiło się od nich.

— Chwileczkę... — zawołał stanowczo.

Potem schylił się po aparat i wyjął z niego film.

— Uciekaj, chłopcze — nakazał młodzieńcowi.

I zwrócił się już do pani Fumal:

— Niech pani wraca do łóżka. Przepraszam za to zajście. Załatwię, żeby pani nikt już nie nachodził. Jeszcze tylko musi pani pozwolić nam obejrzeć zajmowane pokoje.

Sam chciał jak najprędzej stąd wyjść, a najchętniej opuściłby w ogóle ten dom. Fotograf czekał na niego koło schodów.

— Myślałem, że mogę...

— Trochę pan przesadził. Inni pana koledzy też są tutaj?

— Niektórzy...

— Kto dał wam o tym znać?

— Tego nie wiem. Jakieś pół godziny temu wezwał mnie naczelny i wysłał tu...

To musiał być któryś z pracowników Instytutu Medycyny Sądowej. Wszędzie znajdzie się człowiek mający konszachty z prasą.

Na dole było już siedmiu czy ośmiu dziennikarzy, a niedługo zjawi się ich jeszcze więcej.

— Co się tu naprawdę stało, panie komisarzu?

— Ba, gdybym to ja sam dobrze wiedział, chłopaki, to już by mnie tu nie było, więc pozwólcie nam spokojnie pracować, a obiecuję, że gdy tylko coś odkryjemy...

— A można jeszcze zrobić zdjęcia miejsca zbrodni?

— Można, tylko się pospieszcie.

Za dużo było osób do przesłuchiwania, by je wszystkie wzywać na Quai des Orfevres. A tu mieli dużo wolnych pokoi. Lapointe już był gotów do pracy, podobnie jak Bonfils, a Torrence właśnie nadchodził z Lesueurem.

Polecił Torrence'owi zrewidować pokoje na drugim piętrze, a Bonfilsa wysłał do mieszkania pana Josepha. Ten jeszcze nie wrócił z biura przy Rambuteau.

— Gdy powróci, spróbuj go przesłuchać, ale wątpię, czy coś z niego wydusisz.

Ludzie z prokuratury już poszli, a z nimi także większa część ekipy technicznej.

— Wyślijcie jedną z pokojówek, pewnie tę Noemi, niech zajmie się panią Fumal, a reszta ma czekać w salonie.

W gabinecie zmarłego zadzwonił właśnie telefon i Louise Bourges, jak to zwykle, podniosła słuchawkę.

— Tu sekretarka pana Fumala... Tak... Jest tutaj... Oddaję słuchawkę...

Odwróciła się do Maigreta:

— Do pana, z Quai de Orfevres.

— Halo, słucham...

To był sam dyrektor Policji Kryminalnej.

— Minister spraw wewnętrznych telefonował do mnie przed chwilą...

— Już pan wie?

— Tak. Wszyscy już o tym wiedzą.

Czyżby któryś z dziennikarzy puścił wieść w eter? Całkiem prawdopodobne.

— I co, jest wściekły?

— Trudno to nawet tak nazwać. Raczej zakłopotany. Prosił, by go o wszystkim informować na bieżąco. Ma pan już jakąś koncepcję?

— Żadnej.

— Ta sprawa narobi dużo zamieszania. Ten człowiek miał większe wpływy, niż sam się do tego przyznawał.

— A ktoś go żałował po śmierci?

— Czemu pan o to pyta?

— Bez powodu. Jak dotąd, wszyscy raczej odetchnęli z ulgą.

— Ale niczego pan nie zaniedba, prawda?

Z pewnością. Choć dziwnie mało zależało mu na wykryciu tego mordercy. Oczywiście, ciekaw był, kto zdecydował się w końcu załatwić Fumala, kto miał go na tyle dość, że zaryzykował własne życie. Ale czy on potępiłby tego przestępcę? Czy nie poczułby żalu, zakładając mu kajdanki?

Rzadko zdarzało się tyle hipotez, co tutaj, a wszystkie równie wiarygodne.

Od pani Fumal zaczynając; miałaby podstawy, by zemścić się za dwadzieścia lat upokorzeń — tym bardziej że odzyskawszy wolność, odziedziczyłaby wielki majątek Fumala, a na pewno znaczną jego część.

Czy miała kochanka? Patrząc na nią, trudno było uwierzyć, ale nauczył się podchodzić do tych spraw z rezerwą.

A ten pan Joseph?

Zdawał się żyć w cieniu wielkiego rzeźnika, był mu całkowicie oddany. Bóg jeden wie, jakie to łajdactwa knuli do spółki... Czy Fumal nie trzymał władzy nad tym osobnikiem, jak zresztą nad tymi wszystkimi, którzy mu służyli?

Nawet tacy oddani jak pan Joseph czasami się zbuntują!

A sekretarka, Louise Bourges, która dotarła do niego na Quai des Orfevres?

Jako jedyna do tej pory twierdziła, że jej pracodawca sam do siebie pisał te anonimy.

I Felix, ten szofer, był jej kochankiem. Obojgu zależało, by się szybko pobrać i osiedlić w Giens.

Czyż ona lub Felix nie mogli okradać Fumala albo też próbowali go oszukiwać czy szantażować?...

Wszyscy dokoła mieli powody, by pragnąć tej śmierci, łącznie z Victorem, dawnym kłusownikiem i mordercą, którego pan trzymał krótko, jak psa na smyczy.

Trzeba też dokładnie zbadać życie pozostałych domowników. Był i ten Gaillardin, który nie powrócił już na Franciszka I po wizycie u Fumala...

— Pan gdzieś wychodzi, szefie?

— Tylko na parę minut.

Chciało mu się pić, a do tego odetchnąć od atmosfery tego domu.

— Jak ktoś będzie o mnie pytał, niech Lapointe zapisze wiadomość.

Na schodach z trudem wyrwał się dziennikarzom, a na dole zobaczył kilka aut prasowych i jeden wóz z radia. Z tego też powodu koło domu zatrzymywali się przechodnie, a mundurowy policjant musiał pilnować wejścia.

Z rękoma w kieszeniach Maigret pomaszerował na bulwar des Batignolles, gdzie wszedł do pierwszego po drodze baru.

— Piwo poproszę — zawołał. — I żeton do automatu.

Zatelefonował do żony.

— Nie przyjadę niestety na śniadanie... Na obiad?... Taką mam nadzieję... Nie! Nie ma większych problemów...

Może nawet ministrowi pasowało, że pozbył się nieco kompromitującego przyjaciela. Zadowolonych było z tego powodu z pewnością wielu. Chociażby ci z biur przy Rambuteau i La Villette, wszyscy kierownicy w sklepach i rzeźniach, którym Fumal utrudniał przecież życie.

Mógł się domyślać, co obwieszczą popołudniowe gazety grubym drukiem: „Król rzeźników zamordowany". Gazety bardzo lubią słowo „król", tak samo jak słowo „milioner". Któryś z dzienników podawał, że zdaniem ekspertów Fumal miał pod kontrolą jedną dziesiątą paryskich rzeźników, a należała do niego jedna czwarta rzeźni w północnej Francji.

Kto odziedziczy to królestwo? Pani Fumal?

Wychodząc z baru, spostrzegł wolno przejeżdżającą taksówkę, co podsunęło mu myśl, by zajrzeć na ulicę Franciszka I. Posłał już tam co prawda Neveu, ale nie miał od niego wieści i wolał zajrzeć osobiście — wszystko też było dobre, byle uciec jeszcze na trochę od tej chorej atmosfery przy Courcelles.

Dom był nowoczesny, a dyżurka portiera prawie luksusowa.

— Pan Gaillardin? Trzecie piętro na lewo, ale zdaje mi się, że go nie ma w domu.

Maigret mimo to wsiadł do windy. Gdy zadzwonił, młoda kobieta w szlafroku otworzyła mu drzwi, a właściwie trzymała je tylko uchylone, dopóki nie powiedział jej, kim jest.

— Nie ma pan żadnej wiadomości od Rogera? — spytała, wprowadzając go do salonu, który, jak na pochmurną paryską pogodę, był nawet dosyć jasny.

— A pani?

— Nic nie wiem. Przyjście pańskiego inspektora bardzo mnie zaniepokoiło. Tylko co słuchałam radia...

— Mówiono o Fumalu?

— Tak.

— Pani wiedziała, że mąż miał być u niego wczoraj wieczorem?

Była ładna, miała ponętną figurę i nie więcej niż trzydzieści lat.

— To nie jest mój mąż — sprostowała. — Roger nie może się ze mną ożenić.

— Wiem o tym. Pomyliłem się.

— Ma żonę i dwoje dzieci, ale nie mieszka z nimi. Już kilka lat... no zaraz... tak, mija właśnie pięć...

— Pani wie coś o jego kłopotach?

— Wiem, że grozi mu ruina i że to ten człowiek...

— Proszę mi powiedzieć, czy Gaillardin ma rewolwer?

Czuła widocznie, że blednie, więc nie usiłowała kłamać.

— Zawsze go trzymał w szufladzie.

— Może pani sprawdzić, czy leży na swoim miejscu? I chyba lepiej pójdę z panią?

Przeszli razem do sypialni, gdzie spędziła z pewnością samotnie noc w dużym, niskim łóżku. Otworzyła dwie czy trzy szuflady, wyraźnie zdumiona, coraz bardziej gorączkowo otwierała kolejne.

— Nie widzę go.

— Jak przypuszczam, nie nosił go przy sobie?

— Nigdy tego nie zauważyłam. Pan go nie zna? To człowiek bardzo spokojny, pogodny, taki, można rzec: dobry kumpel.

— I nie była pani zaniepokojona, gdy nie wrócił na noc? Nie wiedziała, co ma odpowiedzieć.

— Tak... No jasne... Mówiłam to pańskiemu inspektorowi... Ostatnio był taki, wie pan, tajemniczy... Liczył, że może na ostatni moment znajdzie pieniądze... Myślałam, że pojechał do któregoś z przyjaciół, może nawet za miasto.

— A gdzie mieszka jego żona?

— W Neuilly. Zaraz panu dam adres.

Zapisała mu go na kartce papieru. Wtedy zadzwonił telefon i bez słowa przeprosin złapała słuchawkę. Głos mówiącego brzmiał tak donośnie, że Maigret mógł słyszeć każde słowo.

— Halo! Pani Gaillardin?

— Tak... To znaczy...

— Adres to ulica Franciszka I numer 26?

— Tak.

— Mieszkanie Rogera Gaillardina?

Maigret od razu zorientował się, że rozmówca po drugiej stronie to policjant któregoś z komisariatów.

— Tak, mieszkam tu z nim, ale nie jestem jego żoną.

— Czy może pani przybyć jak najszybciej do komisariatu policji w Puteaux?

— Czy coś się stało?

— Tak, coś się stało.

— Roger nie żyje?

— Tak.

— Może mi pan powiedzieć, co zaszło?

— Przede wszystkim musi pani rozpoznać zwłoki. Znaleziono przy nim dokumenty, ale...

Maigret dał znak młodej kobiecie, by podała mu słuchawkę.

— Halo! Tu komisarz Maigret z Policji Kryminalnej. Proszę mi podać wszystko, co panu wiadomo.

— O dziewiątej trzydzieści dwie nad brzegiem Sekwany, trzysta metrów od mostu Puteaux znaleziono zwłoki mężczyzny. Przez wyładowane w tym miejscu parę dni temu cegły przechodnie nie zauważyli go wcześniej. Dopiero pewien marynarz...

— Zamordowano go?

— Nie. Tak myślę, bo on trzymał jeszcze w ręku rewolwer, brakowało jednego naboju. To wygląda, że strzelił sobie w prawą skroń.

— Dzięki. Gdy zwłoki zostaną rozpoznane, przewieźcie je do Instytutu Medycyny Sądowej, a wszystko z kieszeni wyślijcie na Quai des Orfevres. Ta pani, która odebrała telefon, zaraz dotrze do was.

Maigret rozłączył się.

— On strzelił sobie w skroń — powiedział.

— Słyszałam.

— Jego żona ma telefon?

— Tak.

Dała mu numer, który zaraz wykręcił.

— Halo! Pani Gaillardin?

— Nie, tu gospodyni.

— Czy pani Gaillardin jest w domu?

— Ona wyjechała przedwczoraj na Lazurowe Wybrzeże razem z dziećmi. A kto mówi? Pan Gaillardin?

— Nie. Policja. I proszę o kilka informacji. Czy pani była w domu wczoraj wieczorem?

— No tak, byłam.

— Czy przychodził tam pan Gaillardin?

— Niby dlaczego?

— Proszę odpowiedzieć na pytanie.

— Tak, przychodził.

— O której godzinie?

— Leżałam już w łóżku. Było po wpół do jedenastej.

— A czego konkretnie chciał?

— Rozmawiać z panią.

— Często zdarzało mu się tak odwiedzać ją wieczorem?

— Wieczorem to nigdy.

— A w dzień?

— Czasami przychodził zobaczyć się z dziećmi.

— Ale wczoraj chciał mówić z żoną?

— Tak. Był zdziwiony, że ona wyjechała.

— Długo siedział?

— Nie.

— A nie wydawał się podenerwowany?

— Przede wszystkim to zmęczony. Zaproponowałam mu nawet kieliszek koniaku.

— Wypił go?

— Jednym haustem.

Maigret odłożył słuchawkę, odwrócił się do kobiety.

— Może już pani iść do Puteaux.

— Pan nie będzie mi towarzyszył?

— Teraz nie. Ale na pewno jeszcze się z panią zobaczę.

Wyglądało na to, że Gaillardin, wychodząc poprzedniego wieczoru z domu przy Franciszka I, zabrał swój rewolwer. I najpierw udał się na bulwar Courcelles. Czy spodziewał się coś uzyskać od Fumala? Liczył, że uda mu się go przekonać?

Z pewnością mu się to nie udało. Nieco później dotarł do mieszkania swej żony w Neuilly, gdzie zastał tylko służącą. Dom ten stoi blisko Sekwany. Trzysta metrów dalej jest most Puteaux, który przekroczył.

Czy długo błądził po nabrzeżu, nim wpakował sobie kulę w skroń?

Maigret wszedł do baru lepszej kategorii i mruknął:

— Kufel piwa i żeton do automatu.

Zatelefonował do Instytutu Medycyny Sądowej.

— Tu Maigret. Czy doktor Paul już jest?... Słucham?... Tak, Maigret... Jest zajęty?... Proszę go spytać, czy odnalazł kulę... I jeszcze jedno... Jak ją znalazł, proszę też spytać, czy to kula z rewolweru, czy z pistoletu...

Słyszał kroki i głosy po drugiej stronie linii.

— Halo... Panie komisarzu?... Zdaje się, że jest to kula z pistoletu... Utkwiła ona...

Mało ważne już było, gdzie utkwiła kula, która zabiła Fumala.

Jeżeli nie zakładać, że Roger Gaillardin miał przy sobie tego wieczoru dwa rodzaje broni, to nie on zabił rzeźnika-potentata.

Kiedy przechodził przez hol pierwszego piętra w domu przy Courcelles, znowu osaczyli go dziennikarze i na odczepnego oznajmił im o znalezieniu pewnych zwłok nad brzegiem Sekwany, przy moście Puteaux.

Inspektorzy, ulokowani w różnych pokojach, przesłuchiwali sekretarkę i całą służbę. Tylko Torrence był wolny. Widać było, że czeka na komisarza z niecierpliwością i zaraz też odciągnął go na bok.

— Wykryłem coś na górze, szefie — rzucił półgłosem.

— Broń?

— Nie. Pójdzie pan tam ze mną?

Na drugim piętrze weszli do salonu pełnego foteli, gdzie stał też fortepian, z którego nigdy chyba nie korzystano.

— Chodzi ci o pokój pani Fumal?

Torrence z tajemniczą miną pokręcił głową.

— To olbrzymi apartament — rzucił. — Zobaczy pan...

Jak człowiek znający dobrze rozkład domu, prowadził Maigreta po pokojach, mijając ten z panią Fumal ciągle w swoim łóżku.

— Jeszcze z nią o tym nie rozmawiałem. Chyba lepiej, gdy pan sam to zrobi. Teraz tędy...

Minęli jedną pustą sypialnię, kolejną; widać było, że dawno nikt w nich nie bywał. Podobnie jak w łazience, gdzie stały jakieś kubełki i szczotki.

Po lewej stronie korytarza był też obszerny pokój pełen mebli, sprzętów i wyraźnie zakurzonych waliz.

Wreszcie w głębi korytarza Torrence otworzył drzwi do pokoju mniejszego niż inne, węższego, z jednym tylko okienkiem wychodzącym na podwórze. Umeblowany był jak pokoje dla służby — tapczan pokryty czerwonym repsem, stolik, dwa krzesła i tania szafa.

Inspektor z błyskiem triumfu w oczach wskazał popielniczkę-reklamówkę, w której leżały dwa niedopałki.

— Czuje pan, szefie? Nie wiem, co o tym powie Moers, ale ja przysiągłbym, że te papierosy wypalono całkiem niedawno. Najpóźniej wczoraj. A może nawet dziś rano. Gdy tu wszedłem, w powietrzu czuło się jeszcze dym.

— Zaglądałeś do szafy?

— Nie ma tam nic poza kołdrami. Teraz niech pan wejdzie na krzesło. Tylko uważnie, bo trochę zdezelowane.

Maigret wiedział z doświadczenia, że ci, którzy chcą ukryć jakiś przedmiot, kładą go zwykle na szafie lub pod szafą.

To, co znalazł tam, przykryte warstwą kurzu, było małym pakiecikiem zawierającym maszynkę do golenia, paczkę żyletek i tubkę z kremem.

— I co pan o tym powie?

— Nie wypytałeś służby?

— Wolałem poczekać.

— To wróć teraz do salonu.

A on sam zapukał do drzwi sypialni. Nikt mu nie odpowiedział, a gdy otworzył sobie, napotkał ostre spojrzenie pani Fumal.

— Czego pan szuka? Nie możecie dać mi spokoju?

Nie wyglądała ani lepiej, ani gorzej niż rano i jeżeli nawet znów piła, nie było tego widać.

— Przykro mi ciągle panią kłopotać, ale jestem na służbie i muszę jeszcze zadać pani kilka pytań.

Przyglądała mu się, zmarszczywszy brwi, jakby usiłując odgadnąć, co powie dalej.

— Chyba się nie mylę, że cała służba sypia w pokojach położonych nad garażem?

— Tak. A co?

— Czy pani pali papierosy?

Zawahała się, ale miała za mało czasu, by skłamać.

— Nie.

— I zawsze sypia pani tu, w tym pokoju?

— Co pan ma na myśli?

— Przypuszczam, że pani mąż nie sypiał w tej części domu?

Tym razem jasne było, że zrozumiała; porzucając defensywną postawę skryła się tylko trochę pod kołdrą.

— On tam jeszcze jest? — zapytała półgłosem.

— Nie. Ale wszystko wskazuje, że spędził tam sporą część nocy.

— To możliwe. Nie wiem, kiedy sobie poszedł. Przychodzi i wychodzi tak różnie...

— Kto to jest?

Jakby zdziwiło ją to. Musiała przypuszczać, że on wie dużo więcej, i wyraźnie żałowała tego, co już padło.

— To nikt panu tego nie mówił?

— A kto miałby mówić?

— Noemi... Albo Germaine... Obie wiedziały... Noemi to nawet...

Na jej ustach wyrósł zagadkowy uśmiech.

— To pani kochanek?

Na to już wybuchnęła śmiechem — tak ostrym, że mógł jej sprawiać ból.

— Widzi mnie pan z kochankiem? Wyobraża pan to sobie, że jakiś mężczyzna chciałby mnie jeszcze? Czy pan mi się przyjrzał, komisarzu? Może pan chce zobaczyć, jak ja...

Złapała ręką kołdrę, jakby chciała ją zrzucić, i Maigret przestraszył się na moment, że się przed nim obnaży.

— Ja z kochankiem... — powtórzyła. — Nie, komisarzu. Nie mam kochanka. To już tak dawno, odkąd ja...

Spostrzegła się, że chce powiedzieć za dużo.

— Miałam ich kiedyś, to prawda. I Ferdinand się dowiedział. Musiałam za to płacić całe życie. Z kimś takim trzeba płacić za wszystko, za wszystko. Rozumie pan? Ale mój brat nigdy mu nic nie zawinił, najwyżej to, że był synem mojego ojca i moim bratem.

— To pani brat sypia w tym małym pokoiku?

— Tak. I to się zdarza dosyć często, parę razy w tygodniu. O ile jest w stanie tu dojść.

— A co mu jest?

Przeszyła go wzrokiem, ostro, na powrót jakby wkurzona.

— Pije! — rzuciła. — Jak ja! Nie pozostaje mu nic innego. Kiedyś miał pieniądze, żonę, dzieci...

— Pani mąż go zrujnował?

— Zabrał mu wszystko co do grosza. Ale jeśli pan wyobraża sobie, że to mój brat go zabił, to się pan myli. On nawet nie byłby już zdolny do takiego czynu. Tak jak i ja.

— A gdzie on jest w tej chwili?

Wzruszyła ramionami.

— Pewnie przy jakimś barze. Nie jest już młody. Ma pięćdziesiąt dwa lata, a wygląda na sześćdziesiąt pięć. Jego dzieci mają już własne rodziny, nie chcą go oglądać. A żona pracuje w fabryce, w Limoges.

Zaczęła szukać po omacku butelki.

— Czy to Victor wpuszcza go do domu?

— Gdyby Victor o tym wiedział, zaraz by zameldował mojemu mężowi.

— Czyli brat ma klucz?

— Noemi się o to postarała.

— A jak się nazywa pani brat?

— Emile... Emile Lentin... Nie umiem panu powiedzieć, gdzie go pan znajdzie. Gdy się dowie z gazet o śmierci Fumala, nie będzie miał odwagi tu przyjść. W tej sytuacji odnajdzie go pan wcześniej czy później w rzece albo w schronisku Armii Zbawienia...

Posłała mu znowu pełne nieufności spojrzenie, wykrzywiła usta, a potem zaczęła już pić z butelki.

5

Dama, która lubi kącik przy ogniu, i panna, która lubi jeść

Nie potrzebował mówić, kim jest, ani pokazywać odznaki. Mała żarówka nad drzwiami dostatecznie oświetlała każdą stojącą tam i dzwoniącą osobę, by można było ją widzieć z mieszkania. I otworzono mu od razu, z radosnym zdumieniem w głosie:

— Komisarz Maigret!

On również od razu poznał tę kobietę, która zaprosiła go zaraz do pokoju zbyt mocno ogrzanego przez gazowy piecyk. Musiała mieć teraz blisko sześćdziesiąt lat, ale niewiele zmieniła się od czasu, gdy Maigret wybawił ją z kłopotliwej sytuacji, kiedy to prowadziła na ulicy Notre-Dame-de-Lorette dyskretny dom schadzek.

Nie spodziewał się zastać jej tutaj, na ulicy Etoile, jako kierowniczki pensjonatu, którego szyld głosił: „Luksusowe pokoje do wynajęcia na miesiące i tygodnie".

Trudno to było zresztą nazwać pensjonatem. Nie było tu żadnego biura ani recepcji, raczej domowy salonik o wygodnych fotelach, z których dwa zajęte były w tej chwili przez leniwie pomrukujące perskie koty.

Włosy pani Rose trochę się przerzedziły, choć jak dawniej rozjaśnione były na blond, twarz i ciało nabrały masy, a skóra jakby trochę poszarzała. Ona sama zapytała:

— Czemu zawdzięczam pańską wizytę?

Przysunęła mu fotel, trochę wzruszona, bo zachowała dla tego komisarza z Quai des Orfevres dużo sympatii, gdy tam do niego trafiła, niegdyś, będąc w kłopotach.

— U pani mieszka podobno niejaka Martine Gilloux?

Dochodziło południe. W gazetach jeszcze nie pisano o śmierci Fumala. Maigret miał uczucie, że postępuje tchórzliwie, gdy zostawia współpracowników w dusznej atmosferze domu przy Courcelles, a sam ucieka stamtąd, i to już po raz drugi tego ranka.

— Mam nadzieję, że nie popełniła niczego złego?

I szybko dodała:

— To porządna dziewczyna, zupełnie godna zaufania.

— Jest w tej chwili u siebie?

— Wyszła akurat, jakiś kwadrans temu. Ona nigdy nie kładzie się późno spać. I dlatego o tej porze zwykle wychodzi przejść się przed śniadaniem, które jada u Gino albo w innym lokalu na Ternes.

Mały salonik był urządzony podobnie jak tamten przy Notre-Dame-de-Lorette, jedynie ścian nie zdobiły tu obrazki o treści frywolnej, które w starym miejscu świadczyły o jego charakterze i profesjonalizmie. Było też trochę gorąco. Bo Rose zawsze była wrażliwa na zimno i przegrzewała swoje mieszkanie, a przy tym jeszcze ubierała się w ciepłe szlafroki; zdarzało się też, że w zimie całymi tygodniami nie wysunęła na dwór nosa.

— Czy ona długo już tu mieszka?

— Przeszło rok.

— I co to za typ dziewczyny?

Rozmawiali tym samym językiem, rozumieli się doskonale.

— Miłe dziecię bez szans przez lata całe. Pochodzi z bardzo biednej rodziny. Gdzieś z przedmieścia, zapomniałam gdzie, ale jak mi sama mówiła, całe lata głodowała, a ja jestem przekonana, że nic nie udaje.

I znowu zapytała:

— Podejrzewa ją pan o coś złego?

— Raczej nie.

— Ja jestem tego pewna. Prawdę mówiąc, nie grzeszy zbytnią inteligencją, ale stara się być dla wszystkich uprzejma i miła. Mężczyźni wykorzystywali to. Zdarzało się jej być i na wozie, i pod wozem, częściej pod. Długi czas była w rękach takiego łobuza, który się z nią okropnie obchodził, ale na szczęście dla niej trafił za kratki. Sama mi to wyznała, bo wtedy jeszcze u mnie nie mieszkała, tylko przy Barbes. Przez przypadek poznała kogoś, kto wynajął dla niej ten pokój u mnie, i wtedy odżyła.

— To Fumal?

— Tak właśnie się nazywa. Większość rzeźni tu do niego należy, ma też dom, kilka samochodów i szofera.

— I przychodzi tu często?

— Czasem nie zjawia się parę dni, a potem znów spędza tu kolejne wieczory lub popołudnia.

— I nic więcej?

— Nie zauważyłam. Wie pan, jak to bywa. Daje jej na przyzwoite utrzymanie, ale nie jest skłonny do szaleństw. Ma od niego kilka ładnych sukien, futerko, parę sztuk biżuterii.

— Bywa gdzieś z nią razem?

— Czasem się to zdarza, zwłaszcza gdy je obiad na mieście w towarzystwie znajomych i ich przyjaciółek.

— A Martine ma też innego kochanka?

— Sama się nad tym z początku zastanawiałam. Takie dziewczyny zwykle pragną mieć kogoś dla siebie. I nawet ją podpytałam. Choć i tak zawsze dojdę, co się dzieje w mojej okolicy. Mogę pana zapewnić, że ona nie ma nikogo. Widocznie tak jej dobrze. W gruncie rzeczy doskonale się obchodzi bez mężczyzn.

— A może narkotyki?

— O, to zupełnie nie w jej stylu.

— To czym wypełnia sobie czas?

— Dużo siedzi w domu, czyta i słucha radia. Wysypia się. Wychodzi na posiłki, robi potem mały spacer i wraca.

— Pani zna tego Fumala?

— Widziałam go na korytarzu. Często szofer czeka w aucie, gdy on jest na górze.

— I mówiła pani, że mogę ją znaleźć u Gino?

— Wie pan gdzie? Taka mała włoska restauracja...

Maigret wiedział. Restauracja rzeczywiście nie była duża ani luksusowo urządzona, ale znana z makaronów i ravioli dla wybrednych klientów.

Po wejściu tam zatrzymał się przy barze.

— Martine Gilloux jest może?

Na sali było już kilkanaście osób. Barman wskazał mu ruchem głowy młodą kobietę, samą przy stoliku w rogu.

Zostawiwszy w szatni płaszcz i kapelusz, Maigret podszedł do niej, stanął i położył rękę na wolnym krześle z drugiej strony stolika.

— Pozwoli pani?

Patrzyła na niego pytającym wzrokiem, więc dodał:

— Muszę z panią pomówić. Jestem z policji.

Zauważył, że stoi przed nią sporo talerzyków z przystawkami.

— Proszę się nie obawiać. Chodzi tylko o parę wyjaśnień.

— Odnośnie czego?

— Odnośnie Fumala. I pani.

Odwrócił się do przechodzącego właśnie kelnera:

— Poproszę jakieś przystawki i do tego mediolańskie spaghetti.

I wreszcie znów odezwał się do młodej kobiety, która wyglądała bardziej chyba na zdziwioną niż zaniepokojoną:

— Byłem na ulicy Etoile. Rose powiedziała mi, że tu panią znajdę. Bo Fumal nie żyje.

Wyglądała na dwadzieścia pięć, najwyżej dwadzieścia siedem lat, ale w jej obliczu było coś starego — zmęczenie, obojętność, a może brak zainteresowania życiem. Była dość wysoka, przy kości, a łagodny i lękliwy sposób bycia przywodził na myśl dziecko, które często bywało bite.

— Nie wiedziała pani?

Pokręciła głową, patrząc tylko i nie wiedząc, co o tym myśleć.

— Widziała się pani z nim wczoraj?

— No zaraz... Wczoraj... Tak... Był u mnie około piątej...

— Jaki się pani wydał?

— Taki jak zwykle.

Maigret zwrócił na jedno uwagę. Dotąd wieść o śmierci Fumala przyjmowana była przez wszystkich z lepiej lub gorzej ukrywanym radosnym zdumieniem. A co najmniej z uczuciem ulgi.

Martine Gilloux przeciwnie, przyjęła wiadomość poważnie, raczej zasmucona i z wyraźnym zatroskaniem.

Czy sobie zdała sprawę, że znowu wraca niepewne życie i skończył się dla niej, może już na zawsze, dobrobyt i spokój?

Czy obawiała się tych ulic, które przemierzała tak długo?

— Niech pani je — rzucił, gdy i jemu podano, co zamówił.

Ze sposobu, w jaki zabrała się do jedzenia, widać było, że to dla niej jedna z ważniejszych rzeczy w życiu, coś, co ją uspokaja. Zapewne od roku dopiero mogła sobie powetować wszystkie lata głodu.

— Co pani o nim wie? — spytał delikatnie.

— A czy pan jest na pewno z policji?

Chyba mało brakowało, by zwróciła się do obserwujących ją barmana i kelnera z pytaniem, co ma robić. Maigret pokazał jej odznakę.

— Komisarz Maigret — dodał.

— Czytałam kiedyś o panu w gazetach. To pan? Myślałam, że jest pan tęższy.

— Pomówmy o Fumalu. Najlepiej od początku. Gdzie go pani spotkała, kiedy, jak?

— To było przeszło rok temu.

— Gdzie?

— W małym klubie na Montmartrze, „Le Désir". Byłam tam przy barze. On wszedł z przyjaciółmi, którzy, jak było widać, trochę już wypili.

— A on sam nie pił dużo?

— Nigdy nie widziałam go pijanym.

— I co dalej?

— Było tam więcej dziewczyn. Jeden z jego przyjaciół przywołał którąś. Potem drugi, chyba rzeźnik z Lille czy gdzieś stamtąd, przyszedł po moją przyjaciółkę Ninę. W ten sposób tylko on pozostał sam. Wtedy dał mi z daleka znak, żebym podeszła. Pan wie, jak to jest. Widziałam, że wcale nie jest jakoś chętny, ale nie chce różnić się od kolegów. Pamiętam, że przyjrzał mi się i orzekł: „Chuda jesteś. Chyba musisz być głodna". Rzeczywiście, byłam wtedy bardzo chuda. Nie pytając mnie, zawołał kelnera i zamówił dla mnie kolację. „Jedz i pij — mówił. — Nie każdego wieczoru będziesz miała szczęście spotkać Fumala!" W ten mniej więcej sposób to się zaczęło. Jego przyjaciele wyszli wcześniej, zabierając te dziewczyny. A on zaczął wypytywać mnie o rodziców, o dzieciństwo i co teraz robię. Długo tak rozmawialiśmy. I nawet mnie nie obmacywał. W końcu zdecydował: „Chodź ze mną! Zaprowadzę cię do jakiegoś porządnego pensjonatu".

— I został tam wtedy na noc? — zapytał Maigret.

— Nie. To było blisko placu Clichy, pamiętam. Zapłacił za tydzień z góry i nawet nie przyszedł na górę. Wrócił następnego dnia.

— I wtedy przyszedł na górę?

— Tak. Posiedział trochę. Ale nie chodziło mu głównie o to, co wiadomo. Nie był w tym jakoś stanowczy. Dość dużo opowiadał mi o sobie, czym się zajmuje, o żonie.

— I co wynikało z tych słów?

— Że on jest nieszczęśliwy.

Maigret nie wierzył własnym uszom.

— Mów dalej — mruknął, mimo woli przechodząc na ty.

— To nie takie łatwe, wie pan? Mówił mi o tylu rzeczach...

— Jednym słowem odwiedzał cię, żeby się wygadać.

— No, nie tylko...

— Ale głównie?

— Możliwe. Musiał chyba bardzo dużo pracować, więcej niż inni, i zyskał też chyba w świecie poważne wpływy. Czy tak jest rzeczywiście?

— Rzeczywiście tak *było*.

— Mówił mi czasem tak: „Do czego mi to wszystko potrzebne? Ludzie mnie nie znają, a uważają za brutala. Moja żona jest nienormalna. Służący i pracownicy myślą tylko, jak mnie okraść. Gdy wchodzę do eleganckiego lokalu, zawsze zgaduję, że ludzie, patrząc na mnie, szepczą: „O, zobacz, to ten rzeźnik!"...

Przyniesiono spaghetti dla Maigreta i pierożki dla Martine, przed którą stała też butelka chianti.

— I co pan na to?

Zaangażowanie w rozmowę wcale nie odbierało jej apetytu.

— Mówił, że jego żona jest nienormalna?

— Tak, i że go nie cierpi. I że kupił też pałac w tej wiosce, w której się urodził. To prawda?

— Prawda.

— Wie pan, mnie to nie imponowało. Uważałam, że chciał się tym po prostu chełpić. Wieśniacy w tej wiosce na pewno w dalszym ciągu nazywają go Rzeźnikiem. Kupił też duży dom na bulwarze Courcelles, ale uznał, że bardziej mu to przypomina dworcową poczekalnię niż prawdziwy dom.

— Bywałaś tam?

— Owszem.

— Masz klucz?

— Nie. Byłam tam tylko dwa razy. Pierwszy raz dlatego, że chciał mi pokazać, jak mieszka. Było to wieczorem. Weszliśmy na pierwsze piętro. Zobaczyłam duży salon, jego gabinet, sypialnię, jadalnię i jeszcze inne, prawie puste pokoje, co faktycznie nie miało wyglądu prawdziwego domu. „Na górze — powiedział mi — mieszka ta wariatka! Pewnie stoi na schodach i nas szpieguje". Spytałam, czy jest zazdrosna, na co on, że wcale nie, że po prostu lubi szpiegować, że to jej mania... A to prawda, że ona pije?

— Tak.

— W takim razie prawie wszystko, co mi mówił, jest prawdą. Podobno może też wchodzić do ministrów bez zaproszenia?

— W tym już trochę przesadzał.

Czyż nie było czegoś ironicznego w tych relacjach pomiędzy Fumalem i Martine? Od ponad roku była jego kochanką. A faktycznie była nią, ale potrzebował jej właściwie po to, by na zmianę popisywać się przed nią albo użalać.

Niektórzy mężczyźni, gdy kłopoty ich przerastają, przygarniają jakąś prostytutkę z ulicy tylko po to, by się jej zwierzać.

Fumal mógł sobie kupić taką osobistą powiernicę, ulokować ją elegancko przy ulicy Etoile, gdzie nie miała nic do roboty poza oczekiwaniem na jego łaskawe przyjście.

Ale w gruncie rzeczy, nie wierzyła mu. Nie tylko to — nie przyszło jej nawet do głowy zastanawiać się, co jest prawdą, a co kłamstwem.

Było jej to najzupełniej obojętne!

Teraz, gdy już nie żył, odczuwała pewne onieśmielenie, dowiadując się, że był rzeczywiście kimś ważnym, jak sam mówił.

— A nie był jakoś niespokojny ostatnio?

— Co pan przez to rozumie?

— Może obawiał się o swoje życie? Nie opowiadał o swoich wrogach?

— Powtarzał mi nieraz, że nie można dojść do potęgi, nie robiąc sobie przy tym wielu wrogów. Mówił wtedy: „Liżą mi ręce jak psy, ale wszyscy oni mnie nienawidzą i będą najszczęśliwsi w świecie, gdy wykituję". I dodawał: „Ty zresztą też. To znaczy, mogłabyś, gdybym ci coś zapisał. Ale nie zapiszę. Gdy umrę albo cię porzucę, wrócisz do rynsztoka".

Nie szokowało to jej. Widziała już za dużo, nim się pojawił. Zawdzięczała mu całe miesiące dobrobytu i to tylko się liczyło.

— Co mu się stało? — zapytała teraz ona. — Serce?

— A chorował na serce?

— Tego nie wiem. Ale jak ktoś umiera tak nagle, zawsze słyszy się...

— Został zamordowany.

Przestała jeść, tak zaskoczona, że siedziała z otwartymi ustami. Minęła chwila, nim spytała:

— Gdzie? Kiedy?

— Wczoraj wieczorem. W domu.

— I kto to zrobił?

— Właśnie szukamy sprawcy.

— A jak to się stało?

— Strzał z pistoletu.

Pewnie pierwszy raz w życiu nie miała już apetytu i odsunęła talerz, ale sięgnęła po szklankę, którą opróżniła duszkiem.

— Takie mam szczęście... — usłyszał, jak mruknęła.

— Nie opowiadał ci czasem o panie Josephie?

— To taki mały staruszek?

— Tak.

— Nazywał go złodziejem. Zdaje się, że był nim naprawdę. Ferdinand mógł go wsadzić do więzienia. Wolał jednak wziąć go na służbę, bo mówił, że więcej ma się korzyści z pracy łajdaków niż z uczciwych ludzi. Ulokował go nawet u siebie na poddaszu, żeby go mieć pod ręką.

— A jego sekretarka?

— Panna Louise?

No, Fumal faktycznie zwierzał się kochance z wielu spraw.

— Miał jej coś do zarzucenia?

— Mówił, że jest oziębła, ambitna i pazerna i że pracuje u niego tylko po to, żeby odłożyć jak najwięcej pieniędzy.

— Tylko tyle?

— Nie. Było jakieś zajście z nią. Sama nie opowiadała?

— Mów dalej.

— A co tam! Skoro on nie żyje...

Rozejrzała się wokoło i zaczęła półgłosem z obawy, że usłyszy coś kelner.

— Jednego dnia w biurze on zaczął udawać, że ma co do niej jakieś zamiary, zaczął ją obmacywać, a wreszcie powiedział: „Rozbierz się".

— I zrobiła to? — zdziwił się Maigret.

— Twierdził, że tak. Jednak nie zabrał jej do sypialni. Stał przy oknie, podczas gdy ona się rozbierała, i przyglądał się ironicznie. A kiedy już nie miała nic na sobie, spytał: „Jesteś dziewicą?".

— I co mu odpowiedziała?

— Nic. Tylko poczerwieniała. A on odczekał chwilę i mruknął: „Nie jesteś dziewicą. To wystarczy. Możesz się ubrać!". Wtedy nie uwierzyłam w tę historię. Choć sama też musiałam znosić różne takie. Tylko że ja nie mam ani wychowania, ani wykształcenia. Mężczyźni wiedzą, że ze mną mogą sobie na wszystko pozwolić. Ale taka dziewczyna jak ona... Jeśli nie skłamał, to patrzył, jak się ubierała, potem wskazał na krzesło, jej bloczek i zaczął dyktować listy...

— A ty masz kochanka? — zapytał obcesowo Maigret.

Zaprzeczyła bez wahania, ale jednocześnie wzrok jej powędrował w stronę barmana.

— To on?

— Nie.

— Ale kochasz się w nim?

— Nie, nie kocham się.

— Ale długo byś mu się nie opierała, co?

— Nie wiem. On się mną nie interesuje.

Zamówił kawę dla obojga, pytając Martine:

— Nie chcesz deseru?

— Dzisiaj nie. Jestem zbyt skonana, pójdę się położyć. Pan już mnie nie potrzebuje?

— Nie. I zostaw rachunek. Ja ureguluję. Dopóki nie dostaniesz takiej zgody, nie opuszczaj ulicy Etoile.

— Ale na posiłki mogę?

— Tylko na posiłki...

Inspektorzy zjedli obiad w małej normandzkiej restauracji, niedaleko Courcelles i, gdy Maigret powrócił, byli już znowu przy pracy.

Było niewiele nowych wieści, nic godnego uwagi. Potwierdzono, że Roger Gaillardin popełnił samobójstwo — rewolweru nikt mu nie wsunął do ręki po śmierci. I była to ta broń z mieszkania przy Franciszka I.

Ekspert od balistyki orzekł, że rewolwer znaleziony w pokoju Fumala nie był używany od miesięcy, a może i od lat.

Lucas wrócił z panem Josephem z ulicy Rambuteau, gdzie panowało wielkie zamieszanie.

— Nie ma tam nikogo, kto wskazałby pracownikom, co w tej sytuacji mają robić. Fumal nie znosił obok siebie żadnych doradców, sam wszystkim zarządzał, wpadał w najmniej spodziewanych momentach, personel żył w ustawicznym niepokoju. Chyba tylko pan Joseph orientował się, co i jak w interesie, ale on nie ma żadnej formalnej władzy, a przy tym jest równie znienawidzony co szef.

Ukazujące się właśnie gazety potwierdzały ten stan rzeczy. Prawie we wszystkich widniał podobny nagłówek: „KRÓL RZEŹNI ZAMORDOWANY". „Człowiek ten był mało znany publicznie — pisano — ale pełnił znaczącą rolę..." Podawano listy towarzystw, które sam założył, z ich oddziałami, pododdziałami, tworzącymi istne imperium.

Przypominano fakt — nieznany Maigretowi — że pięć lat temu imperium to było bliskie upadku, gdy organa podatkowe głębiej zbadały interesy Fumala. Skandalu uniknięto, choć w kołach dobrze poinformowanych mówiło się o miliardowych nadużyciach.

Jak stłumiono aferę? Gazety tego nie wyjaśniały, napomykając jedynie o tym, że dawny rzeźnik z wioski Saint-Fiacre ma wysoko postawionych protektorów.

W jednym z dzienników pytano: „Czy ta śmierć spowoduje podjęcie znów dochodzeń?".

W każdym razie niektórzy musieli czuć się tego popołudnia niezbyt dobrze, włączając w to ministra, który telefonował do dyrektora Policji Kryminalnej.

Prasa była też nieświadoma albo nie odkryła jeszcze, że poprzedniego dnia to sam Fumal prosił policję o ochronę.

A sam Maigret zrobił wszystko, co było w jego mocy?

Wysłanie inspektora do czuwania w pobliżu domu przy Courcelles było posunięciem rutynowym w takich sytuacjach. On sam pofatygował się, by przyjrzeć się otoczeniu, a Lapointe już od następnego ranka miał Fumalowi wszędzie towarzyszyć. I dochodzenie też było już w toku, kiedy...

Nie popełnił właściwie żadnego błędu. Mimo to był z siebie niezadowolony. Przede wszystkim, czy nie pozostawał pod wpływem wspomnień z dzieciństwa, a szczególnie tej krzywdy, jaką ojciec Fumala wyrządził jego własnemu ojcu?

Nie okazał też żadnego współczucia człowiekowi, który przyszedł do niego z rekomendacji samego ministra.

A gdy zjawiła się u niego Louise Bourges, sekretarka, nie zwątpił przez chwilę w prawdziwość jej słów.

I wierzył, że historia, którą mu opowiedziała Martine w restauracji, była prawdziwa. Ferdinand Fumal był człowiekiem zdolnym upokorzyć kobietę w najobrzydliwszy sposób. Stąd sekretarka mogła czuć dla niego tylko nienawiść i pogardę, a nie porzucała pracy, bo chciała poślubić Felixa i oboje zbierali na kupno wymarzonej oberży w Giens.

Czy jednak zadowalała się tylko zarobionymi pieniędzmi? Czy pozostając przy Fumalu i znając tajniki jego interesów, nie mogła z tego czerpać jakichś korzyści materialnych?

Ten człowiek powtarzał swej kochance: „Myślą tylko, jak mnie okraść".

Chyba tak bardzo się nie mylił? Maigret nie spotkał bowiem dotąd nikogo, kto by okazywał sympatię Fumalowi. Wszyscy, którzy u niego pracowali, robili to z musu.

Fumal zaś nie czynił ze swej strony nic, by być lubianym. Przeciwnie, sprawiało mu przyjemność, wręcz dreszczyk emocji, ciągłe wzbudzanie nienawiści.

I nienawiść tę musiał czuć wokół siebie nie od kilku dni, nie od kilku tygodni, a nawet nie od kilku lat.

Dlaczego więc dopiero wczoraj odczuł aż tak wielki niepokój, że zwrócił się o ochronę do policji?

Dlaczego — jeśli sekretarka mówiła prawdę — zadawał sobie trud wysyłania do siebie tych anonimowych pogróżek?

Czyżby nagle dostrzegł wroga niebezpieczniejszego od wszystkich dotychczasowych? A może dał właśnie komuś powody do szybkiego usunięcia go?

To było możliwe. Moers badał nie tylko anonimowe listy, ale też próbki pisma Fumala i Louise Bourges. Zapewnił sobie nawet pomoc jednego z najlepszych ekspertów paryskich.

Z biura przy bulwarze Courcelles, Maigret — ciągle ponury i zdegustowany — połączył się z laboratorium.

— Moers?... Masz tam jakieś wyniki?...

Wyobraził sobie ich pracę na poddaszu, w gmachu sądu — prześwietlających dokumenty, jeden za drugim.

Moers monotonnym głosem składał raport, że na wszystkich listach z pogróżkami są tylko odciski palców Fumala. Poza tymi Maigreta i Lucasa. A na pierwszym liście ujawniono też odciski palców Louise Bourges.

To się zgadzało z jej zeznaniem, że otwierała tylko pierwszy list i żadnego z pozostałych.

Z drugiej jednak strony nie wyjaśniało niczego, bo jeśli ona pisała anonimy, to była na tyle inteligentna, by włożyć do tego rękawiczki.

— A co z charakterami pisma?

— Ciągle pracujemy nad tym. Przy tak zmienionym piśmie to delikatna sprawa. Ale jak dotąd nic nie wyklucza, że Fumal sam pisał te listy.

W sąsiednim pokoju trwały przesłuchania personelu; robiono konfrontacje, potem znowu przesłuchiwano każdego oddzielnie. Zapisano już kilkadziesiąt stron protokołów, które Maigret kazał sobie podrzucić do przejrzenia.

Felix, szofer, potwierdził zeznania Louise Bourges. Był to człowiek niewysoki, barczysty, o ciemnym zaroście, z pewnym siebie, wręcz aroganckim wyrazem twarzy.

Pytanie: Pan jest kochankiem panny Bourges?

Odpowiedź: Jesteśmy zaręczeni.

P.: Pan żyje z nią?

O.: Ona sama na to panu odpowie, jeśli zechce.

P.: Często spędza pan noce w jej pokoju?

O.: O to również proszę ją samą zapytać.

P.: Kiedy zamierzacie się pobrać?

O.: Kiedy tylko będzie to możliwe.

P.: Na co czekacie?

O.: Aby mieć dość pieniędzy na urządzenie się.

P.: Co pan robił przed objęciem posady u pana Fumala?

O.: Pracowałem w rzeźni.

P.: Jak pan trafił na tę posadę?

O.: On kupił rzeźnię, w której pracowałem — ciągle je skupował. Zwrócił na mnie uwagę i spytał, czy umiem prowadzić samochód. Powiedziałem mu, że jestem właśnie od rozwożenia towaru.

P.: Czy Louise Bourges już wtedy pracowała u niego?

O.: Nie.

P.: I pan jej nie znał?

O.: Nie.

P.: A pański szef rzadko poruszał się pieszo po Paryżu?

O.: Miał trzy samochody.

P.: A sam miał prawo jazdy?

O.: Nie. Ja jeździłem z nim wszędzie.

P.: Na ulicę Etoile również?

O.: No tak.

P.: Pan pewnie wie, do kogo on tam jeździł?

O.: Do swojej kochanki.

P.: Zna ją pan?

O.: Woziłem ich. Czasem do restauracji albo na Montmartre.

P.: Czy w ostatnim czasie Fumal nie starał się wymknąć panu?

O.: Nie rozumiem.

P.: No, na przykład, czy nie kazał się zawieźć na jakąś ulicę, a stamtąd już brał taksówkę, aby udać się gdzie indziej?

O.: Nigdy tego nie zauważyłem.

P.: I nie kazał zatrzymać się czasem przed sklepem papierniczym lub przed kioskiem z gazetami? A może kazał panu kupić mu papier listowy?

O.: Nic takiego.

Kartek przybywało. Na którejś kolejnej było:

P.: Czy uważał go pan za dobrego pracodawcę?

O.: Dobrych pracodawców nie ma.

P.: Pan go nienawidził, prawda?

Brak odpowiedzi.

P.: Czy Louise Bourges nie łączyły z nim jakieś bliższe stosunki?

O.: Fumal czy nie, gdybym to zauważył, sprałbym go ostro, ale jeśli pan insynuuje mi...

P.: I nie próbował tego?

O.: Na swoje szczęście.

P.: A miał pan coś na boku?

O.: Słucham?

P.: Chodzi mi o to, czy miał pan drobne zyski na jakichś zakupach paliwa czy naprawach wozu?

O.: Widać, że pan go nie znał.

P.: To znaczy, że pilnował wszystkiego?

O.: Nie dałby się nabijać w butelkę.

P.: Nie miał więc pan żadnych dodatkowych dochodów?

W kolejnych zeznaniach, Louise Bourges, Maigret czytał:

P.: Czy pani szef nie usiłował zaciągnąć pani do łóżka?

O.: Do tego celu utrzymywał panienkę.

P.: A z żoną już nie żył?

O.: Mało mnie to obchodziło.

P.: Czy nie próbowano przekupić pani, by wywarła na niego wpływ w jakiejś sprawie lub zdradziła jego plany?

O.: Wpływu na niego nie miał chyba nikt, a z planów nikomu się nie zwierzał.

P.: Jak długo zamierzała pani u niego pracować?

O.: Najkrócej jak tylko się da.

Germaine, kobieta utrzymująca czystość w całym domu, pochodziła z Saint-Fiacre, gdzie jej brat był dzierżawcą folwarku. Folwark ten kupił Fumal. Wykupił prawie wszystkie, które kiedyś należały do hrabiego Saint-Fiacre.

P.: Jak trafiła pani tu na służbę?

O.: Byłam wdową. Pracowałam u brata, na farmie. Pan Fumal zaproponował mi, bym przeniosła się do Paryża.

P.: Czy czuła się pani tu szczęśliwa?

O.: A czy ja byłam gdzieś szczęśliwa?

P.: Ale lubiła pani swego chlebodawcę?

O.: On nikogo nie lubił.

P. A pani sama?

O.: Ja to nie mam czasu zastanawiać się nad takimi rzeczami.

P.: A wiedziała pani, że brat pani Fumal często spędza noc w pokoiku na drugim piętrze?

O.: To nie moja sprawa.

P.: I nie zamierzała pani nigdy powiedzieć o tym pracodawcy?

O.: Sprawy naszych pracodawców nic nas nie obchodzą.

P.: Czy liczy pani na pozostanie w służbie u pani Fumal?

O.: Zrobię to, co robię przez całe życie. Pójdę tam, gdzie mnie zechcą.

Na biurku zadzwonił telefon. Maigret odebrał. Telefonowano z komisariatu przy ulicy Maistre na Montmartrze.

— Typek, którego pan szuka, jest tu, u nas.

— Co za typek?

— Emile Lentin. Znaleziono go w barze koło placu Clichy.

— Pijany?

— Raczej tak.

— I co mówi?

— Nic.

— Zawieźcie go na Quai des Orfevres. Będę tam niedługo.

Poszukiwanej broni nie znaleziono ani w domu, ani w przyległościach.

Pan Joseph, siedząc na niewygodnym, renesansowym krześle w przedpokoju, gryzł niecierpliwie paznokcie i czekał, aż inspektor wezwie go na trzecie już z kolei przesłuchanie.

6

Człowiek w składziku
i pożyczki z podręcznej kasy

Maigret przybył na Quai des Orfevres około piątej, gdy paliły się już wszystkie lampy; był to jeszcze jeden z tych dni, gdy nie wyjrzało słońce — trudno było nawet uwierzyć, że jest ono gdzieś za grubą warstwą ciemnych, skłębionych chmur.

Na biurku jak zwykle leżało parę informacji, większość odnośnie pani Britt. Ludzie nie od razu okazują zainteresowanie jakąś sprawą. Początkowo wręcz nieufnie odnoszą się do historii, o której gazety zaczynają pisać. Po dwóch lub trzech dniach robi się szum w Paryżu, a później na prowincji. O zniknięciu Angielki wieści dotarły już do najdalszych wiosek, a nawet poza granice kraju.

W jednej z informacji podawano, że przebywa ona w Monte Carlo, gdzie widziały ją dwie osoby — jedną miał być krupier przy stoliku — a ponieważ było to możliwe, komisarz ruszył do pokoju inspektorów, aby wydać odpowiednie dyspozycje.

Pokój ten był prawie pusty.

— Przywieźli tu kogoś na pana polecenie, szefie. Ale biorąc pod uwagę jego stan, uznałem, że najlepiej ulokować go w składziku.

Tak nazywano wąski pokoik na końcu korytarza, wyposażony jedynie w świetlik wysoko na ścianie. Od czasu gdy jeden podejrzany, czekający w pokoju przesłuchań, wyskoczył im przez okno, do tej właśnie nieużywanej rupieciarni wstawiono pomalowaną na szaro ławkę i dorobiono solidny zamek do drzwi.

— I jak z nim?

— Pijany w trupa. Wyciągnął się tam jak długi i śpi. Mam nadzieję, że nie będzie wymiotował.

Przez całą drogę w taksówce, która zabrała go z bulwaru Courcelles, Maigret nie przestawał myśleć o Fumalu i o dziwnych okolicznościach, w jakich spotkała go śmierć.

Był przecież człowiekiem wysoce podejrzliwym, z wszystkich zeznań to wynikało. Nie mógł też być naiwny. I trzeba przyznać, że umiał poznać się na ludziach.

Nie został zabity w swoim łóżku ani wzięty z zaskoczenia z tego czy innego powodu. Znaleziono go w gabinecie, całkowicie ubranego. Stał przed szafką zawierającą różne papiery, gdy strzelono mu w plecy, z bliska.

Czy morderca mógł wejść bez jednego szmeru i zbliżyć się, nie budząc jego czujności? O tyle to nieprawdopodobne, że dużej części parkietu nie pokrywał tam dywan.

Fumal znał więc tamtego, wiedział, że stoi za nim, i nie spodziewał się napaści z jego strony.

Maigret przejrzał papiery, które leżały w tej mahoniowej szafce — w większości dotyczące interesów, kontraktów, dokumentów notarialnych, na których sam się nie znał i prosił o przysłanie mu specjalisty z działu finansowego, który na miejscu badał już te papiery.

W innej szafce znaleziono dwie paczuszki papieru listowego, takiego jak użyty do pisania anonimów, co zaraz też przysporzyło pracy policji. Moers próbował z początku znaleźć wytwórnię tego papieru. Potem inspektorzy mieli wypytywać wszystkich sklepikarzy, którzy sprzedawali taki papier.

— Czy dyrektor mnie nie wzywał?

— Nie, szefie.

Czy miał po co iść do dyrektora? Meldować mu, że niczego nie udało się wykryć? Wyznaczono go do czuwania nad bezpieczeństwem Fumala, a ten parę godzin później już nie żył.

Czy minister się wścieknie? Albo może też po cichu odetchnie z ulgą?

— Masz klucz?

Chodziło o składzik. Ruszył potem w głąb korytarza i przystanął przy drzwiach, chwilę nasłuchiwał, ale bez efektu, i otworzył je — a tam wyciągnięty na ławce człowiek spał w najlepsze, z rękami pod głową.

Nie wyglądał na zwykłego kloszarda, choć jego ubranie było stare, pomięte i poplamione, jak to u kogoś, kto w ubraniu kładzie się spać, gdzie popadnie. Jego czarne włosy były za długie, zwłaszcza na szyi.

Maigret puknął go w ramię, potrząsnął nim, aż wreszcie pijak poruszył się, stęknął i na koniec prawie się rozbudził.

— Czego tam? — wymruczał ciężko.

— Chce pan szklankę wody?

Emile Lentin usiadł, nie rozumiejąc dalej, gdzie jest, otworzył oczy i przyglądał się długo komisarzowi, zdziwiony, któż to stoi nad nim.

— Kojarzy pan coś? Jest pan na policji. Tu komisarz Maigret.

Powoli odzyskiwał przytomność, a wyraz jego twarzy zmieniał się — na coraz bardziej spłoszony i skryty.

— Dlaczego mnie tu zabrali?

— Czy pan rozumie, co się do pana mówi?

Oblizał językiem spieczone wargi.

— Chce mi się pić.

— To pójdziemy do mnie.

Puścił go przed sobą, bo nogi temu Lentinowi zbyt się plątały, żeby próbował ucieczki.

— Niech pan to weźmie.

Maigret podał mu dużą szklankę wody i dwie pastylki aspiryny, które brat pani Fumal posłusznie połknął.

Jego twarz była zniszczona, powieki zaczerwienione, a oczy jakby pływały w otoczce płynów.

— Nic nie zrobiłem — zaczął, choć nie padło żadne pytanie. — Jeanne też nic nie zrobiła.

— Niech pan siada.

Usiadł, z wahaniem, na brzegu krzesła.

— Od kiedy pan wie, że szwagier nie żyje?

Patrzył tylko, nie odpowiadając, padło więc dalej:

— Kiedy znaleziono pana na Montmartrze, gazety jeszcze nie wyszły. Powiedzieli panu o tym inspektorzy?

Starał się przypomnieć sobie, powtarzając:

— Inspektorzy...?

— Inspektorzy, którzy zabrali pana z baru.

Próbował uśmiechnąć się grzecznie.

— Być może... Tak... Było coś takiego... Bardzo pana przepraszam...

— O której zaczął pan pić?

— Nie wiem... Sporo czasu temu...

— Ale pan wtedy wiedział, że Fumal nie żyje?

— Wiedziałem, że to się obróci przeciwko mnie.

— Co się ma obrócić przeciwko panu?

— Że ściągnę to sobie na kark.

— Czy pan często nocował na Courcelles?

Widać było, że trudno mu nadążyć za tym, co Maigret do niego mówi, podobnie jak uporać się z własnymi myślami. Musiał mieć potężnego kaca, na czoło występował mu pot.

— Może mi pan dać się napić?... Niedużo... Wie pan, tyle, żeby oprzytomnieć...

Faktycznie, w tym stanie, w jakim się znajdował, mała dawka alkoholu przywróciłaby mu na jakiś czas pewną równowagę. Był już w tym stanie opilstwa co narkomani, którzy przechodzą tortury, gdy nie dostaną na czas swej zwykłej dawki.

Maigret otworzył szafkę, nalał do szklanki trochę koniaku, podczas gdy Lentin patrzył na niego z mieszaniną wdzięczności i zdumienia. Zapewne pierwszy raz w życiu częstowano go w policji alkoholem.

— A teraz niech pan spróbuje odpowiedzieć dokładnie na moje pytania.

— Obiecuję! — zapewnił, już bardziej wyprostowany na krześle.

— Czy spędził pan noc albo część nocy w domu siostry, jak to się często panu zdarzało?

— Jak zawsze, gdy jestem w tej dzielnicy.

— I o której pan opuścił bulwar Courcelles?

Znów uważnie poparzył na Maigreta, jak człowiek, który się waha, ważąc racje za i przeciw.

— Chyba najlepiej zrobię, mówiąc prawdę?

— Bez wątpienia.

— To była chyba pierwsza, najwyżej druga po północy. A przyszedłem tam po południu. I zaraz padłem na tapczan, bo byłem bardzo zmęczony.

— Był pan pijany?

— Możliwe. Bo na pewno coś piłem.

— I co było potem?

— Potem to Jeanne, moja siostra, przyniosła mi coś do jedzenia, kurczaka na zimno. Ona prawie nigdy nie jada z mężem. Podają jej wszystko na górę. I gdy ja tam bywam, zawsze chce coś na zimno — szynkę lub kurczaka, i dzieli się tym ze mną.

— Nie wie pan, która to była godzina?

— Nie. Już dawno nie mam zegarka.

— I pogadał pan z siostrą wtedy?

— A co my mieliśmy sobie do powiedzenia?

W tych paru słowach Maigret miał zawartą całą ich tragedię. Rzeczywiście, co mieli sobie do powiedzenia? Oboje doszli do tego samego punktu. Mieli już za sobą stadium, gdy rozpamiętuje się przeszłość i roztrząsa z goryczą.

— Poprosiłem ją o coś do wypicia.

— A jak siostra pana zdobywała alkohol? Dostawała go od męża?

— Niewiele. To ja go dla niej kupowałem.

— Czyli miała pieniądze?

Westchnął, zerkając w stronę szafki w ścianie, ale komisarz nie zaproponował mu drugiej dawki.

— To było tak skomplikowane...

— Co niby?

— Wszystko... Całe to życie... Wiedziałem, że nikt by mnie nie zrozumiał, i dlatego nie tłumaczyłem...

— Chwileczkę, Lentin. Musimy omówić wszystko po kolei. Siostra przyniosła panu jedzenie. A pan poprosił jeszcze o coś do wypicia. Nie wie pan, która to była godzina, ale było już ciemno, prawda?

— Zgadza się.

— I piliście razem?

— Tylko jeden czy dwa kieliszki. Nie czuła się zbyt dobrze. Zdarza się jej miewać takie ataki duszności. I poszła się położyć.

— A pan?

— Leżałem i liczyłem papierosy. Ciekaw byłem, która może być godzina. Słuchałem odgłosów z ulicy, gdzie tylko już z rzadka przejechał samochód. Nie zakładając butów, zszedłem na dół, gdzie cały dom był pogrążony w ciemności.

— Co pan miał zamiar zrobić?

— Byłem bez pieniędzy. Bez marnego franka. Jeanne też nic nie miała. Fumal nic nie chciał jej dawać, musiała nawet czasem pożyczać od służby.

— I chciał pan prosić szwagra o pieniądze?

Tamten parsknął.

— O nie! Skoro chce pan, bym powiedział wszystko... Proszę bardzo! Słyszał pan zapewne, że był on bardzo podejrzliwy? Nie ufał nikomu. Wszystkie rzeczy w domu zamykał na klucz. Tylko że ja odkryłem jedną sztuczkę. Sekretarka, panna Louise, miała zawsze w szufladzie jakieś pieniądze. Niedużo. Ale zawsze jakieś pięć czy sześć tysięcy, przeważnie w drobnych, takie na kupno znaczków, opłacanie listów poleconych na poczcie, napiwki dla gońców. Oni to nazywali kasą podręczną. I od czasu do czasu, kiedy byłem bez grosza, schodziłem do gabinetu i brałem parę banknotów po sto franków...

— I Fumal nigdy pana na tym nie przyłapał?

— Nie. Wybierałem takie wieczory, gdy wiedziałem, że go nie ma. Zdarzyło się też raz czy dwa, że położył się do łóżka, ale nic nie słyszał. Ja umiem chodzić jak kot.

— Ale wczoraj jeszcze się nie położył?

— W każdym razie nie do łóżka...

— Co panu powiedział?

— Nic nie powiedział z tej prostej przyczyny, że już nie żył, leżał jak długi na dywanie.

— A pan, jak zwykle, wziął trochę pieniędzy?

— I omal nie zabrałem mu też portfela. Widzi pan, jaki jestem szczery. Powiedziałem sobie, że i tak oskarżą mnie o to wcześniej czy później, może nawet nie zdążę wrócić do domu.

— Czy w jego gabinecie paliło się światło?

— Gdyby się paliło, tobym je zauważył pod drzwiami i nie wchodziłbym tam.

— Przekręcił pan kontakt?

— Nie. Miałem ze sobą latarkę kieszonkową.

— Czego pan dotykał?

— Przede wszystkim dotknąłem jego ręki, która była już zimna. Znaczy, że nie żył. Potem otworzyłem szufladę biurka sekretarki.

— Był pan w rękawiczkach?

— Nie.

To łatwo da się ustalić. Wzięto już do badania odciski palców. I właśnie na górze je klasyfikowano. Jeśli Lentin mówi prawdę, odnajdą ślady jego palców na biurku panny Bourges.

— A zauważył pan jakąś broń?

— Nie. W pierwszej chwili chciałem wyjść i nic nie mówić siostrze. Potem uznałem, że jednak powinna się o tym dowiedzieć. Wróciłem na górę. Obudziłem ją. I rzuciłem tylko: „Twój mąż nie żyje". Nie chciała mi wierzyć. Zeszła ze mną, w samej koszuli, i oświetliłem ciało na podłodze, a ona przyjrzała się z progu.

— I siostra niczego nie dotykała?

— Ona nawet nie weszła do pokoju. Powiedziała tylko: „Chyba rzeczywiście nie żyje. Nareszcie!..."

To wyjaśniałoby brak reakcji z jej strony, gdy Maigret zawiadomił ją tego ranka o śmierci Fumala.

— Co było potem?

— Poszliśmy na górę i wypiliśmy trochę.

— Żeby oblać to wydarzenie?

— Tak jakby. Szybko zrobiło się nam bardzo wesoło i uśmialiśmy się do łez. Nie pamiętam już, które z nas zauważyło: „Ojciec powiesił się za wcześnie..."

— A nie przyszło wam do głowy zawiadomić policję?

Lentin spojrzał ze zdumieniem. Czemu mieliby zawiadamiać policję? Fumal nie żył. To jedynie dla nich się liczyło.

— W końcu uznałem, że lepiej wyjdę... Gdyby mnie tam zastano...

— Która to była godzina?

— Nie wiem. Szedłem potem aż do placu Clichy, bo po drodze wszystkie bary już zamknęli. Chyba tylko jeden był otwarty. Wypiłem tam kieliszek czy dwa. Potem ruszyłem bulwarami do Pigalle i trafiłem do innego baru, a potem w jeszcze innym zasnąłem, ale nie pamiętam, gdzie to było. Wyrzucili mnie stamtąd, gdy się rozwidniło. Ruszyłem dalej. Nawet dotarłem na chwilę znowu na Courcelles.

— Po co?

— Zobaczyć, co się tam dzieje. Były już przed domem jakieś samochody i przy drzwiach stał policjant. Nie zbliżyłem się. Ruszyłem dalej...

Te dwa słowa brzmiały jak leitmotiv; istotnie: ruszał dalej i znów opierał się o bar, to było całe zajęcie Lentina.

— Pan nigdzie nie pracuje?

— Czasem pomogę trochę tragarzom w Halach albo przy budowach.

Z pewnością zdarzało mu się też otwierać drzwi aut przed hotelami, może popełniał czasem jakieś drobne kradzieże w sklepach. Maigret uznał, że trzeba sprawdzić w rejestrach, czy był już karany.

— Czy ma pan jakiś rewolwer?

— Gdybym nawet kiedyś miał, tobym już dawno go sprzedał. Albo zabrałaby mi go policja, skoro tyle razy spędzałem noc w komisariacie.

— A pana siostra?

— Co siostra?

— Czy miała broń?

— Nie zna jej pan... Już jestem zmęczony, panie komisarzu. Przyzna pan, że byłem grzeczny, opowiedziałem wszystko, co wiem. Gdyby dał mi pan jeszcze małą kropelkę...

Jego spojrzenie było pokorne, błagające.

— Tylko małą kropelkę! — powtórzył.

Świadomy, że nic więcej z niego nie wyciągnie, Maigret podszedł do szafki w ścianie, a twarz Lentina rozjaśniła się błogo.

Tak, jak to wyszło z Martine Gilloux, Maigret zaczął nagle mówić na „ty".

— Nie żal ci żony i dzieci?

Trzymając szklankę, tamten zawahał się chwilę, wypił duszkiem trunek i mruknął z wyrzutem:

— Czemu pan tak mówi? Dzieci to ja już mam dorosłe. Dwoje nawet pożeniło się i nie spojrzałoby w moją stronę, widząc mnie na ulicy.

— I nie wiesz, kto zabił Fumala?

— Gdybym wiedział, tobym mu podziękował. Ja nie miałem na to dość odwagi. A obiecałem sobie po śmierci ojca, że to zrobię. Gadałem o tym z siostrą. Tłumaczyła mi, że wyląduję tylko w więzieniu na resztę życia. Ale jakbym znalazł sposób, by nie dać się przyłapać...

Czy ten lub ta, którzy naprawdę zabili Fumala, rozumowali podobnie, czekając tylko okazji, kiedy będą mogli działać bez ryzyka?

— O co jeszcze chce mnie pan wypytać?

O nic. Maigret nie sądził, by dalsze pytania coś dały.

Zapytał tylko:

— Co będziesz robił, gdy cię wypuszczę?

Lentin pokazał niewyraźnie ręką, jakby w stronę miasta, w które znów się zanurzy.

— Zatrzymam cię tu dwa lub trzy dni.

— A pić dostanę?

— Dadzą ci szklaneczkę wina jutro rano. Teraz musisz odpocząć.

Ławka w składziku była twarda. Maigret wezwał więc jednego z inspektorów.

— Odeślij go do aresztu. Niech mu dadzą jeść, a potem niech się wyśpi.

Gdy tamten się podnosił, rzucił jeszcze spojrzenie na szafkę w ścianie gotowy poprosić o ostatni łyk, ale zabrakło mu odwagi i wyszedł, mówiąc niepewnie:

— Bardzo panu dziękuję.

Maigret zatrzymał jeszcze na chwilę inspektora.

— Weźcie odciski jego palców i przekażcie je Moersowi.

Wyjaśnił też krótko, czemu tak. A przez ten czas brat pani Fumal czekał na pustym korytarzu, nie próbując żadnej ucieczki.

Maigret kolejne dziesięć minut siedział przy biurku, jakby zastygł, paląc fajkę z rozmarzeniem. Wreszcie ruszył się i przeszedł do pokoju inspektorów. Ciągle było pusto. Szmery rozmów dochodziły z sąsiedniej sali i zastał w niej tych, którzy pracowali cały dzień w domu Fumala przy bulwarze Courcelles.

Tam na miejscu został tylko jeden człowiek — inspektor Neveu, którego właśnie miał ktoś teraz zmienić.

Stosownie do instrukcji komisarza inspektorzy porównywali teraz odpowiedzi wyciągnięte w toku przesłuchań.

Niemal wszyscy tam byli przesłuchani dwu- lub trzykrotnie. Pan Joseph zeznawał nawet pięć razy, wracając za każdym razem do tego miejsca koło schodów, z renesansowymi krzesłami i marmurowymi posągami.

— Mam nadzieję, że mogę już wyjść i zająć się interesami? — spytał w końcu.

— Nie.

— Nawet na jakiś posiłek?

— W domu jest kucharka.

Kuchnia mieściła się na parterze, za pokojem Victora. Kucharką była tęga, starsza wdowa, która zdawała się nie rozumieć tego, co się w domu działo. Świadczyły o tym niektóre jej odpowiedzi.

Pytanie: Co pani sądzi o panu Fumalu?

Odpowiedź: A co mam sądzić? Czy ja znam tego człowieka?

Wskazała na sufit kuchni z domową windą towarową do wysyłania posiłków.

O.: Ja pracuję tu, a on jada na górze.

P.: I on nigdy nie przychodził tu do pani?

O.: Czasem to wzywał mnie na górę, dać jakieś polecenie, a raz na miesiąc wołał, bym przedstawiła mu rachunki.

P.: Miał pieczę nad wszystkim?

O.: Co pan nazywa pieczą?

Zapytana o Louise Bourges, oświadczyła:

— Jeżeli ona z kimś żyje, to chyba w jej wieku zrozumiałe. Mnie to już się nie trafi, niestety!

A o pani Fumal:

— Jakie to różne widzi się na tym świecie!

A jak dawno ona sama tu pracuje?

O.: Trzy miesiące.

P.: Czy atmosfera tego domu nie wydawała się pani dziwna?

O.: Gdyby pan widział tyle co ja w różnych domach!

Mogło tak być, skoro chyba z tuzin razy już zmieniała miejsce pracy.

P.: Nigdzie nie czuła się pani dobrze?

O.: Ja tam lubię zmiany.

W istocie, co któryś miesiąc zjawiała się w biurze pośrednictwa pracy, gdzie była już jakby stałą klientką. Chętnie brała zastępstwa albo obsługę cudzoziemców, będących przejazdem.

P.: Niczego pani w nocy nie widziała i nie słyszała?

O.: Mam bardzo mocny sen.

Obciążając swych inspektorów tak żmudną robotą, Maigret miał nadzieję, że uda się wychwycić w zeznaniach świadków jakąkolwiek sprzeczność, pozornie nawet drobną, która będzie mieć znaczenie dla obrotu sprawy.

Jeśli Roger Gaillardin nie był mordercą — a to zdawało się nie ulegać wątpliwości — to Fumala nie mógł zabić nikt spoza domu.

Inspektor Vacher, który czuwał wieczorem koło domu, potwierdził zeznania Victora co do minuty. Krótko przed ósmą samochód Fumala wjechał na dziedziniec domu. Przy kierownicy siedział Felix. Z tyłu siedzieli Fumal i jego sekretarka.

Po wjeździe auta Victor zamknął za nimi bramę, która już w nocy nie była otwierana.

Louise Bourges, jak to również zeznał Victor, weszła ze swoim szefem na pierwsze piętro, ale pozostała tam jedynie kilka minut, po czym przeszła do jadalni dla służby, obok kuchni.

I tam zjadła obiad. Germaine, stara pokojówka, podała panu Fumalowi obiad na górę, a Noemi poszła z tacą na drugie piętro, do pani Fumal.

Wszystkie te zeznania były zgodne. Nie wykryto w nich najmniejszej sprzeczności.

Po obiedzie Louise Bourges poszła jeszcze raz do gabinetu Fumala i spędziła tam pół godziny. Około wpół do dziesiątej przeszła przez dziedziniec do tej części domu, gdzie były mieszkania dla służby.

Felix, wypytany o to, oświadczył:

— Udałem się do niej, jak prawie każdego wieczoru.

P.: Dlaczego spędzaliście noc w jej pokoju, a nie u pana?

O.: Bo jej pokój jest większy.

To samo odparła, bez cienia rumieńców, Louise Bourges.

A pokojówka Germaine:

— Słyszałam przez blisko godzinę ich miłosne igraszki. Ona może się wydać zimna, gdy się jej nie zna. Ale jeśli musi pan spać w pokoju obok, na łóżku oddzielonym tylko cienką ścianą...

P.: O której pani zasnęła?

O.: Nakręcałam budzik o dziesiątej trzydzieści.

P.: I w ciągu nocy nic pani nie słyszała?

O.: Nie.

P.: A wiedziała pani o wizytach Emile'a Lentina u jego siostry?

O.: Jak zresztą i wszyscy.

P.: Wszyscy, to znaczy kto?

O.: Noemi, kucharka...

P.: Jak mogła to wiedzieć kucharka, skoro nie wchodziła nigdy na drugie piętro?

O.: Bo ja jej to powiedziałam.

P.: Po co?

O.: Po to, żeby dawała podwójne porcje, gdy on tam był, to jasne!

P.: A Victor o tym wiedział?

O.: Ja mu nie mówiłam. Nie miałam do niego zaufania. Ale to człowiek, przed którym nic się nie da ukryć...

P.: A sekretarka?

O.: Chyba Felix jej o tym mówił.

P.: A skąd on wiedział?

O.: Od Noemi.

Tak więc wszyscy w domu wiedzieli, że Lentin nocował często w małym pokoju na drugim piętrze — wszyscy oprócz, może, Ferdinanda Fumala.

A mieszkający akurat nad tym pokojem pan Joseph:

P.: Pan znał Emile'a Lentina?

O.: Poznałem go, nim jeszcze zaczął pić.

P.: I to szwagier go zrujnował?

O.: Ludzie, którzy sami siebie rujnują, zawsze zrzucą odpowiedzialność za to na innych.

P.: Pana zdaniem on sam był nieroztropny?

O.: Uważał się za sprytniejszego, niż był w rzeczywistości.

P.: I natknął się na kogoś naprawdę sprytnego?

O.: Właśnie tak. Jak to w interesach.

P.: A potem próbował naciągnąć na pożyczkę szwagra?

O.: Bardzo możliwe.

P.: Ale chyba bez skutku?

O.: Trudno pomagać wszystkim pechowcom, nawet gdy się jest bardzo bogatym.

P.: Czy spotkał go pan kiedyś w tym domu?

O.: Przed paroma laty.

P.: Gdzie?

O.: W gabinecie pana Fumala.

P.: Co zaszło wtedy między nimi?

O.: Pan Fumal wyrzucił go za drzwi.

P.: Spotkał go pan później?

O.: Raz, na ulicy w pobliżu Chatelet. Był pijany.

P.: Mówił coś do pana?

O.: Prosił, abym powtórzył jego szwagrowi, że jest łajdakiem.

P.: A wiedział pan, że on nocuje czasem u siostry?

O.: Nie.

P.: A gdyby pan wiedział, poinformowałby pan swego szefa?

O.: Możliwe, że tak.

P.: Nie jest pan jednak tego pewny?

O.: Bo nie zastanawiałem się nad tym.

P.: I nikt też nie mówił panu o tym?

O.: Nikt tu ze mną chętnie nie rozmawia.

Tak było. Potwierdzały to zeznania służby. Stosunek ich do pana Josepha scharakteryzowała Noemi, mówiąc:

— On był w tym domu czymś w rodzaju myszy pod podłogą. Nikt nie wiedział, kiedy przychodzi i wychodzi. Ani co on właściwie robi.

Zgadzały się też zeznania co do reszty krytycznego wieczoru. Co do tego, że pan Joseph zadzwonił do drzwi trochę po dziewiątej trzydzieści. I to mniejsze wejście w bramie otworzyło się i zamknęło za nim.

P.: Dlaczego nie wszedł pan bocznymi drzwiami, od których miał pan klucz?

O.: Wchodzę nimi tylko wtedy, gdy wracam późno albo gdy idę prosto do siebie.

P.: I zatrzymał się pan wtedy na pierwszym piętrze?

O.: Tak. Mówiłem to już trzy razy.

P.: Pan Fumal żył jeszcze wtedy?

O.: Tak jak pan i ja.

P.: O czym pan z nim rozmawiał?

O.: O interesach.

P.: Nikogo więcej nie było w gabinecie?

O.: Nie.

P.: A Fumal nie mówił panu, że oczekuje gościa?

O.: Mówił.

P.: To czemu nie powiedział mi pan tego wcześniej?

O.: Bo mnie pan nie pytał. Oczekiwał Gaillardina i wiedział, po co ten ma przyjść. Liczył na przesunięcie terminu spłaty. My jednak ustaliliśmy, że nie zgodzimy się na to.

P.: Był pan obecny przy ich rozmowie?

O.: Nie.

P.: Dlaczego?

O.: Bo nie lubię takiego egzekwowania...

Łatwo dało się w to uwierzyć. Ten człowieczek z wyglądu zdolny był do wielu szwindli, wielu podłości, ale nie do tego, by patrzeć w oczy i podać złą wieść.

P.: Ale u siebie na górze słyszał pan, że przyszedł Gaillardin?

O.: Tam nie słychać niczego, co się w domu dzieje. Pan sprawdzi!

P.: A nie ciągnęło pana, by zejść potem i usłyszeć, co zaszło?

O.: Wiedziałem, czym to się skończy.

Tu zorientował się, że te słowa mogą mieć podwójne znaczenie, i sprostował:

— Chciałem powiedzieć, że wiedziałem, iż pan Fumal odmówi, a Gaillardin będzie go błagał, opowiadał o dzieciach i żonie, jak to oni zawsze, nawet gdy żyją z kochanką, ale i tak nic nie wskóra.

P.: I sądzi pan, że to on zabił Fumala?

O.: Już mówiłem, co o tym myślę.

P.: A często sprzeczał się pan ze swoim szefem?

O.: Nie sprzeczaliśmy się nigdy.

P.: A jaką sumę panu płacił, panie Goldman?

O.: Może pan przejrzeć listę płac.

P.: To nie jest odpowiedź.

O.: Moim zdaniem właściwa.

W każdym razie nikt nie widział, aby wracał on na dół. Ale też nikt nie widział, gdy Emile Lentin tam schodził — najpierw sam, a potem z siostrą — jak również jego wyjścia bocznymi drzwiami od ulicy Prony.

Parę minut przed dziesiątą na bulwarze zatrzymała się taksówka. Wysiadł Gaillardin, zapłacił i nacisnął dzwonek.

Siedemnaście minut później inspektor Vacher widział go wychodzącego i ruszającego w stronę Etoile; rozglądał się przy tym, jakby w poszukiwaniu taksówki.

Vacher nie mógł nadzorować tych bocznych drzwi, bo nie wiedział wtedy o ich istnieniu.

Czyż odpowiedzialność za to nie obciążała Maigreta, który nie wierzył w anonimowe listy i bez przekonania zorganizował cały ten nadzór?

Powietrze w biurze było gęste od dymu fajek i papierosów. Inspektorzy od czasu do czasu wymieniali między sobą kartki z dopiskami naniesionymi czerwonym lub niebieskim ołówkiem.

— Co byście powiedzieli, chłopcy, na szklankę piwa? — padło.

Mieli przed sobą długie godziny ślęczenia nad każdym zdaniem z protokołów przesłuchań, nim ktoś potem pójdzie po kanapki.

Telefon. Ktoś podniósł słuchawkę.

— Do pana, szefie.

To był Moers, który zbadał odciski palców. Zapewnił, że odciski Lentina znalazł tylko na klamce od drzwi i szufladzie w biurku sekretarki.

— Ale ktoś jednak musi tam kłamać! — rzucił wzburzony Maigret.

Chyba że nie mieli pośród siebie mordercy, ale to było przecież niemożliwe.

7

Prosty wynik problemu
i mało znaczący przedmiot wojenny

Maigret doznawał uczucia ulgi tak przenikliwej i tak rozkosznej, jaką może dać chociażby ciepła kąpiel po trzech dniach i nocach w pociągu.

Był świadomy, że śpi w swoim łóżku i że wyciągając rękę, może dotknąć uda żony. Świadomy tego, że jest środek nocy, co najwyżej godzina druga.

I jednocześnie jakby śnił. A czy nie zdarza się, że w takim śnie przychodzi nagły przebłysk, którego zabrakło wcześniej? Czy możliwe, że wtedy umysł staje się bardziej przenikliwy niż uśpiony?

Podobnie zdarzyło mu się, gdy był studentem. Cały wieczór ślęczał nad jakimś trudnym problemem, a potem nagle, w środku nocy, znalazł rozwiązanie we śnie. Gdy się obudził, nie kojarzył początkowo, co to było, ale w końcu mu się udało.

To samo działo się teraz. Gdyby jego żona zapaliła w tej chwili światło, zauważyłaby na jego twarzy szyderczy uśmiech.

Drwił z samego siebie. Zbyt tragicznie podchodził do sprawy Fumala. Pogrążył się w niej całkowicie i dlatego nie zauważył, gdzie go sama prowadzi. Jednocześnie, mimo poważnego w końcu wieku, bał się jakiegoś ministra, który dziś nim jest, a jutro może zniknąć w tłumie.

Niewłaściwie podszedł do tej sprawy. Czuł to od początku, kiedy tylko Bum-Bum przyszedł do niego, do biura. A potem, zamiast wziąć się w garść, wypalić fajkę i wypić szklankę piwa dla uspokojenia nerwów, nie dał sobie żadnej chwili wytchnienia.

Teraz miał rozwiązanie, podobnie jak było z tamtym trudnym problemem. Wyłoniło się ono z jego umysłu, jak pęcherzyk powietrza wynurza się na powierzchnię wody, i już mu ulżyło.

Koniec! Rano zrobi wszystko, co trzeba, i będzie po sprawie Fumala. Zostanie mu tylko ta nieznośna pani Britt, którą musi odszukać — żywą czy umarłą.

Chodzi tylko o to, by nie zapomnieć o swoim odkryciu. Aby utrwaliło się w pamięci, a nie było mglistym przebłyskiem. Wiedział, jak to zrobić. W jednym lub dwóch zdaniach. Prawda nie potrzebuje wielu słów. Kto to powiedział? Mało ważne. W jednym zdaniu. A gdy wstanie...

Otworzył oczy, tak nagle, w mroku pokoju, i zmarszczył też brwi. Ten sen chyba mu się przerwał. I miał wrażenie, że całej prawdy nie wychwycił.

Żona spała, cała gorąca, obrócił się więc na bok, licząc, że tak się lepiej skupi.

To była rzecz zupełnie prosta, do której w ciągu dnia nie przywiązywał należytej wagi. Nawet się zaśmiał, odnajdując ją we śnie. Ale dlaczego?

Starał się uchwycić wątek swoich myśli. Chodziło o kogoś, był tego pewny, z kim miał styczność już kilka razy.

I jakiś mało znaczący fakt. Czy naprawdę fakt? Czy może rzeczowa wskazówka?

Stan napięcia, wręcz bolesnego, zastąpił senne odprężenie. Całą siłę woli skupił, by odtworzyć sobie cały dom przy Courcelles, od góry do dołu, jego mieszkańców i tych, którzy tam przychodzili.

Pracował ze swoimi inspektorami na Quai des Orfevres do dziesiątej wieczorem, porównując przesłuchania z taką dokładnością, że w końcu nawet te najdrobniejsze kwestie w odpowiedziach mieli w głowach jak jakieś refreny.

Coś było w tych papierach? Coś z Louise Bourges i Felixem?

Był skłonny wierzyć w to, szukać w tę stronę. Nie było żadnego dowodu, że tych anonimów nie pisała właśnie sekretarka. Maigret nie pytał jej, ile zarabiała u Fumala. Zapewne nie była opłacana lepiej niż inne sekretarki, raczej przeciwnie.

Była kochanką Felixa, co wyznała bez ogródek, ale zaraz szybko dodała: „Jesteśmy zaręczeni".

To samo mówił szofer.

A kiedy chcą się pobrać?

„Gdy tylko odłożymy dość pieniędzy na kupno oberży w okolicach Giens".

Nie mówi się o zaręczynach, jeśli się ma zamiar brać ślub dopiero za dziesięć czy piętnaście lat.

Leżąc, Maigret zrobił proste obliczenie. Gdyby Louise i Felix wydawali tylko niezbędne minimum na ubranie i drobne wydatki, a nawet odkładali całe swe pensje, minie i tak dziesięć lat, nim zbiorą na najmniejszą nawet oberżę.

To nie to go olśniło we śnie, choć tę okoliczność warto zachować w pamięci.

Jedno z nich liczyło na możliwość wcześniejszego zdobycia pieniędzy i skoro pozostawali na Courcelles, mimo wyraźniej odrazy do Fumala, to właśnie jego chcieli naciągnąć.

Fumal upokorzył swoją sekretarkę, traktując ją w bardzo podły sposób.

Nie wspomniała o tym ani Maigretowi, ani inspektorom.

Czy przyznała się do tego Felixowi? Czy na chłodno przyjąłby on wieść, że tamten zmusił jego kochankę do rozebrania się i ubrania, po pogardliwych gestach?

Nie, to jeszcze nie to. Coś w tym rodzaju, ale bardziej odkrywcze.

Maigret spróbował na powrót zasnąć i przywrócić swój sen, ale na próżno, bo umysł jego pracował już jak mechanizm nakręconego zegarka.

Był jakiś inny szczegół, bliższy w czasie... Aż zacisnął zęby, by go odzyskać, skoncentrować się bardziej, i nagle zobaczył Emile'a Lentina w jego biurze, słyszał jego głos. Co też

Lentin zeznał o Louise Bourges? Nie mówił właściwie o niej samej, ale o czymś, co jej dotyczyło.

Wyznał on...

O właśnie! Maigret gdzieś mimo wszystko dotarł. To Emile Lentin mówił, że zdarzyło mu się zejść bez butów do gabinetu, by wziąć z podręcznej kasy parę banknotów po sto franków — tak to określił.

I te pieniądze leżały w szufladzie Louise. Miała nad nimi pieczę. Na pewno, jak to się zwykle praktykuje, zapisywała wydatki w jakimś notesie.

A Lentin te drobne kradzieże popełniał dosyć często.

I ona nic o tym nie wspomniała. Czy możliwe, że tego nie spostrzegała, nie zauważała braku środków w kasie?

Są więc dwa punkty, co do których, jeśli nawet nie kłamała, to wolała milczeć.

Dlaczego nie niepokoił ją fakt znikania pieniędzy z jej szuflady?

Czy dlatego, że sama brała stamtąd pieniądze i jej rachunki i tak były fałszowane?

A może dlatego, że wiedziała, *kto* popełnia te kradzieże, i miała powody, by tego nie rozgłaszać?

Czując potrzebę zapalenia fajki, spróbował wstać jak najciszej i stracił ze dwie minuty, aby po omacku trafić do komody. Pani Maigret poruszyła się, westchnęła, ale się nie obudziła, nawet gdy na sekundę błysnęła zapałka skryta w dłoni.

Usiadł w fotelu, rozmyślając dalej.

Nie odkrył jeszcze rozwiązania, o którym śnił, ale zrobił mały krok. Gdzie się zatrzymał? Kradzieże z szuflady. Skoro Louise Bourges wiedziała, kto w nocy wchodził do gabinetu...

W myśli powrócił do tego pokoju, gdzie spędził część dnia. Dwa duże okna wychodziły na dziedziniec. Po jego drugiej stronie były dawne stajnie, a nad nimi mieściły się mieszkania dla służby — nie tylko dwa czy trzy pokoje, jak zazwyczaj bywa, ale całe dwa stosowne piętra jakby małego hotelu.

Był już w tych miejscach. W pokoju sekretarki, gdzie odwiedzał ją Felix, na drugim piętrze z prawej strony, akurat naprzeciw gabinetu, tylko nieco wyżej.

Teraz próbował sobie przypomnieć treść początkowych raportów, szczególnie ten Lapointe'a, który pierwszy znalazł się na miejscu zbrodni. Czy była tam mowa o zasłonach?

Szyby w oknie gabinetu, jak kojarzył dobrze komisarz, miały zasłony lekkie, przejrzyste, łagodzące ostrość dziennego światła, ale wieczorem nie skryły tego, co się działo w oświetlonym pokoju.

Były też jednak drugie zasłony, ciężkie, z czerwonego aksamitu. Czy były zaciągnięte na okno, gdy Lapointe tam wszedł?

Maigret omal nie wykręcił do niego do domu, aby o to zapytać, bo wydało mu się to nadzwyczaj ważne. Jeżeli te zasłony nie były zaciągnięte, to Louise i Felix wiedzieli, co się dzieje w gabinecie.

Co im to mogło dać?

Czy on mógł wysnuć wniosek, że z pokoju obserwowali dramat, który się rozegrał poprzedniego wieczoru, i że wiedzieli, kto był mordercą?

W rogu stała tam kasa ogniotrwała, wysoka gdzieś na metr, którą mieli otworzyć dopiero jutro, bo musiał być przy tym obecny sędzia śledczy i notariusz.

Co przechowywał Fumal w tej kasie? W jego papierach nie znaleziono testamentu. Telefonowano do notariusza, pana Audoin, ale nic nie wiedział o testamencie.

Myśli Maigreta, siedzącego w mroku, bez ruchu, biegły wciąż w tym samym kierunku, ale z przeczuciem, że nie jest to jeszcze kierunek właściwy. Odkrycie, którego dokonał teraz, we śnie było dużo bardziej oszałamiające, jak błysk.

Lentin często schodził do gabinetu, nawet wtedy, gdy Fumal spał w swoim pokoju...

Cóż, to też odsłania nowe horyzonty. Między gabinetem a sypialnią jeszcze jeden pokój stanowił zaporę, to prawda.

Ale Fumal był człowiekiem, który nikomu nie ufał, a trzeba przyznać, że miał po temu powody.

Kradzieże Lentina trwały już lata. Czy możliwe, że kiedyś ten rzeźnik usłyszał jakieś szmery?

Od zawsze był tchórzem, Maigret to pamiętał. W szkole nieraz było tak, że płatał kolegom figle, a gdy go usidlili, jęczał: „Nie bijcie mnie!". Często też krył się za nauczycielką.

Gdyby przypuścić, że Lentin kilkanaście dni temu zszedł na jedną ze swych drobnych kradzieży...

Gdyby przypuścić, że Fumal usłyszał coś...

Maigret wyobraził sobie króla rzeźników, ściskającego w ręku rewolwer i nie mającego odwagi, by zobaczyć, co się dzieje.

Jeżeli nie wiedział, że szwagier bywa w tym domu, co jest zupełnie możliwe, to mógł posądzać wszystkich, łącznie z panem Josephem, swoją sekretarką, a nawet żoną.

A może przypuścił, że chodzi o kasę podręczną? Choć to już byłoby zwykłe zgadywanie.

Po cóż więc ktoś włamywał się do jego gabinetu? A nie zamierzał czasem wejść do sypialni?...

Trzeba to poskładać. Nie było to jeszcze tamto ze snu, ale krok naprzód. Może tak się wyjaśni, czemu Fumal zaczął pisać do siebie te anonimowe listy jako usprawiedliwienie do ściągnięcia policji?

Mógł to zrobić i bez tego. Ale wtedy przyznałby się, w jakim strachu żyje.

Pani Maigret poruszyła się, odrzuciła kołdrę i zawołała:

— Gdzie ty jesteś?

Wciśnięty w swój fotel, odparł:

— Tutaj.

— A co ty tam robisz?

— Palę fajkę. Nie mogłem spać.

— Do tej pory nie śpisz? Która godzina?

Zapalił na chwilę światło. Zegarek wskazywał dziesięć po trzeciej. Wyczyścił fajkę i powrócił do łóżka, niezadowolony, wierząc dalej, że uda mu się pochwycić wątek snu, aż zbudził go zapach świeżej kawy. Z niedowierzaniem zobaczył słońce, prawdziwe słońce przenikające do pokoju pierwszy raz od dwóch tygodni.

— Czy ty nie lunatykowałeś dzisiejszej nocy?

— Nie.

— To pamiętasz, że siedziałeś po ciemku i paliłeś fajkę?

— Tak.

Pamiętał wszystko, cały tok rozważań, ale już samego snu, niestety, nie! Ubrał się, zjadł śniadanie i pomaszerował na plac Republiki, do autobusu, a po drodze kupił gazety.

Twarze ludzi wokół poweselały, wszystko od słońca. W powietrzu nie czuło się już wilgoci, raczej kurz. Niebo było czyste. Dachy domów i chodniki ulic wyschły, jedynie pnie grubych drzew pozostawały jeszcze mokre.

„Fumal, król rzeźników..."

Poranne gazety powtarzały wiadomości tych wieczornych, z nowymi szczegółami i zdjęciami, także Maigreta w kapeluszu wciśniętym na oczy, ze złą miną wychodzącego z domu przy Courcelles.

Zmroził go jeden z nagłówków:

„W dzień swojej śmierci Fumal zwracał się do policji o ochronę".

Ktoś już zrobił przeciek. Czasem nie z ministerstwa, gdzie sporo osób mogło słyszeć telefoniczną rozmowę rzeźnika? Albo taka Louise Bourges wypytywana przez reporterów?

Niedyskrecję tę mógł również popełnić niechcący któryś z jego inspektorów.

„Kilka godzin przed tragiczną śmiercią Ferdinand Fumal dotarł na Quai des Orfevres i miał powiadomić komisarza Maigreta o otrzymanych anonimowych listach z pogróżkami. Podobno w chwili, gdy został zastrzelony w swoim gabinecie, przy bulwarze Courcelles pełnił też służbę inspektor policji kryminalnej".

Nie padło nic o ministrze, ale dawano do zrozumienia, że Fumal miał ogromne wpływy polityczne.

Komisarz powoli wspiął się po wielkich schodach i pomachał do Josepha, prawie pewny, że ten zaraz powiadomi go, iż dyrektor chce go widzieć, ale Joseph milczał.

Na biurku czekały różne raporty, na które ledwo rzucił okiem.

Raport lekarza sądowego potwierdzał to, co sam już wiedział. Fumal został zabity z bliska. Broń w chwili strzału trzymano o jakieś dwadzieścia centymetrów od jego pleców. Kulę odnaleziono w klatce piersiowej.

Ekspert od balistyki podał dane równie jasno. Strzelano z lugera, pistoletu, jaki oficerowie niemieccy mieli podczas ostatniej wojny.

Z Monte Carlo dotarł telegram odnośnie pani Britt: to nie ją widziano tam przy stolikach, ale pewną Holenderkę podobną do niej.

Dzwonek w korytarzu zwoływał na odprawę u dyrektora i Maigret, westchnąwszy, ruszył do jego gabinetu, gdzie zastał już kilku kolegów i uścisnął dłonie tym bliżej stojącym.

Jak się spodziewał, znalazł się w centrum uwagi. Inni zdawali sobie sprawę, w jak delikatnej jest on sytuacji, i starali się dyskretnie dać mu odczuć swoją sympatię.

Z kolei dyrektor udawał, że wszystko gra, pełen optymizm.

— Co nowego, Maigret?

— Dochodzenie trwa.

— Czytał pan gazety?

— Przejrzałem je właśnie. Oni dopiero się zadowolą, gdy wydam nakaz aresztowania.

Prasa drażniła go niesłychanie. Cała ta sprawa, w połączeniu z tajemniczym zniknięciem Angielki w samym środku Paryża, nie przyczyniała się do podniesienia prestiżu policji kryminalnej.

— Robię, co mogę — dodał, wzdychając.

— Są jakieś tropy?

Wzruszył ramionami. Czyż można to nazwać tropami? Wszyscy po kolei składali raporty z badanych spraw, a kiedy zaczęto się rozchodzić, spojrzenia, które rzucali Maigretowi, wyglądały jak kondolencje.

Ekspert z wydziału finansów czekał już w jego gabinecie. Maigret słuchał go z roztargnieniem, bo wciąż próbował odtworzyć swój sen.

Interesy Fumala miały daleko większy zasięg, niż to podawała prasa. W ciągu zaledwie paru lat stworzył sobie prawdziwy monopol na rynku rzeźniczym.

— Za tymi operacjami stał ktoś szatańsko wprost inteligentny — objaśniał ekspert — i miał doskonałą wiedzę prawniczą. Całe miesiące zajmie rozgryzienie tej sieci towarzystw i oddziałów kierowanych przez Fumala. Urząd skarbowy też oczywiście zgłębi sprawę...

Ten inteligentny ktoś, to niewątpliwie pan Joseph, bo choć przed poznaniem go Fumal rozporządzał już pokaźnym majątkiem, to nie rozwinął jeszcze interesu na taką skalę.

Niech zajmuje się tym wydział finansów i ci od podatków, o ile będą chcieli...

On skupi się na wykryciu tego, kto zabił Fumala, z bardzo bliska, w jego gabinecie, podczas gdy Vacher kręcił się pod domem.

Zawołano go do telefonu. Ktoś domagał się rozmowy osobiście z nim. Była to pani Gaillardin, ta prawdziwa, z Neuilly, choć dzwoniła z Cannes, gdzie nadal przebywała z dziećmi. Prosiła o szczegóły. Bo jedna z tutejszych gazet — jak mu wyjaśniła — podaje, że Gaillardin, po zamordowaniu Fumala w jego domu na Courcelles, popełnił samobójstwo koło mostu Puteaux.

— Telefonowałam już do mojego adwokata. Dziś też wracam ekspresem do Paryża. Chcę jednak, aby pan wiedział, że ta kobieta z ulicy Franciszka I nie ma żadnych praw i że mój mąż i ja nie planowaliśmy rozwodu, i że pobieraliśmy się bez intercyzy, mamy wspólnotę majątkową. Fumal okradł go, nie ma żadnych wątpliwości. Mój adwokat dowiedzie tego i zażąda od spadkobierców sum, które...

Maigret wzdychał, trzymając przy uchu słuchawkę, i tylko od czasu do czasu wymruczał:

— Tak, proszę pani... Oczywiście, proszę pani...

W końcu zapytał:

— Niech mi pani powie, czy mąż miał lugera?

— Niby co?

— Już nic. A był na wojnie?

— Był zwolniony od służby, bo...

— To bez znaczenia. A czy był więziony lub wywożony do Niemiec?

— Nie. Dlaczego?

— Tak pytam. I nie widziała pani żadnego rewolweru w mieszkaniu w Neuilly?

— Kiedyś jakiś miał, ale potem zabrał go do tej... do tej...

— Dziękuję pani.

Kobieta nie pozostawiała spraw losowi. Widać było, że powalczy o swoje jak samica w obronie młodych.

Ruszył do pokoju inspektorów, rozglądając się wyraźnie.

— Lapointe'a nie ma?

— W toalecie.

Poczeka.

— I Aillevard ciągle nieobecny?

Wrócił w końcu Lapointe, spłoniony na widok czekającego Maigreta.

— Powiedz mi, młody... Wczoraj rano, gdy wszedłeś tam do gabinetu... Tylko zastanów się dobrze... Czy zasłony były tam zaciągnięte, czy nie?...

— Były tak, jak je pan zastał. Nie dotykałem ich i nikt inny też nie dotykał.

— Czyli były rozsunięte?

— Tak. Mógłbym przysiąc... Zaraz! Tak, na pewno, bo zwróciłem uwagę na dawne stajnie w głębi dziedzińca i...

— Chodź ze mną.

Maigret miał zwyczaj mieć kogoś przy sobie w czasie śledztwa. Choć jadąc małym czarnym autem, nie odezwał się ani razu. Na Courcelles sam nacisnął miedziany dzwonek i podszedł Victor, by otworzyć drzwi w wielkiej bramie wjazdowej.

Maigret zauważył, że tamten jest nieogolony, co nadawało mu wygląd bardziej kłusownika niż lokaja w domu.

— Czy nasz inspektor jest na górze?

— Tak. Właśnie zaniesiono mu kawę i rogaliki.

— Kto zaniósł?

— Noemi.

— A pan Joseph zszedł na dół?

— Nie widziałem go.

— A panna Louise?

— Pół godziny temu jadła w kuchni śniadanie. Nie wiem, czy już wróciła stamtąd.

— Felix?

— W garażu.

Robiąc parę kroków, Maigret faktycznie zauważył go myjącego jeden z wozów, jakby w domu nic się nie wydarzyło.

— A notariusz już jest?

— Nie wiedziałem nawet, że miał tu być.

— Oczekuję też sędziego śledczego. Proszę ich wprowadzić do gabinetu, gdy się zjawią.

— Dobrze, panie komisarzu.

Maigret miał na końcu języka jakieś pytanie, ale gdy otworzył usta, umknęło mu z pamięci. Chyba nic ważnego.

Na pierwszym piętrze zastali inspektora Janina, który tu dyżurował od połowy nocy. Ten również był nieogolony i wyraźnie zmęczony.

— Nic się wydarzyło?

— Nikt się nie kręcił. Ta młoda panna właśnie tu była i pytała, czy jest mi potrzebna. Odpowiedziałem, że nie, i poszła, mówiąc, że będzie w swoim pokoju, gdyby jej szukano.

— Wchodziła też do gabinetu?

— Tak. Ale tylko na chwilę.

— Otwierała tam szuflady?

— Chyba nie. Zaraz wyszła, trzymając jakiś czerwony sweterek, którego nie miała na sobie, gdy tam wchodziła.

Maigret przypomniał sobie, że poprzedniego dnia nosiła ona czerwony sweter. Może zostawiła go w jednym z pokojów na pierwszym piętrze.

— A pani Fumal?

— Zaniesiono jej śniadanie na tacy.

— Ale nie schodziła?

— Nie widziałem jej.

— To idź teraz spać. Wystarczy, jak wieczorem napiszesz raport.

Czerwone zasłony na oknach gabinetu były ciągle odsunięte. Maigret kazał Lapointe'owi wypytać służbę, co zwykle z nimi robią. Sam popatrzył przez jedno z okien. Naprzeciwko, trochę wyżej na piętrze, okno było otwarte i dało się zauważyć chodzącą młodą kobietę, która poruszała ustami, jakby nuciła, sprzątając pokój. I była to Louise Bourges.

Uderzony pewną myślą, on sam odwrócił się ku kasie ogniotrwałej w rogu. Czy widać ją stamtąd, z przeciwka?

Jeśli tak... Ta myśl poderwała go na nogi, prosto na dół, na dziedziniec, potem po dość wąskich schodach na piętro, do pokoju sekretarki. Zapukał. Rzuciła:

— Proszę wejść.

Nie była wcale zdziwiona jego widokiem, rzekła tylko:

— Ach, to pan!

Znał już ten pokój, przestrzenny, miło urządzony, z radioadapterem na podstawie i lampą przy łóżku, z pomarańczowym abażurem. Ale jego interesowało tylko okno. Wychylił się przez nie, oczy starały się dojrzeć coś w półmroku gabinetu naprzeciw. Nie pomyślał o tym, by zapalić tam światło.

— Może pani pójść tam i zapalić światło?

— Gdzie?

— Do gabinetu.

Nie wydawała się ani zdziwiona, ani przestraszona.

— Chwileczkę... Czy pani wie, co jest w tamtej kasie w gabinecie pani szefa?

Zawahała się na moment.

— Wiem. Nie będę panu kłamać.

— Czyli?

— Te ważniejsze papiery, przede wszystkim, do tego biżuteria pani Fumal, listy, no i pieniądze.

— Dużo pieniędzy?

— Dużo. Już panu wyjaśniam, czemu on musiał chować tyle pieniędzy w domu. W tych jego transakcjach zdarzały się takie kwoty, których nie mógł płacić za pomocą czeku...

— Jakie kwoty, pani zdaniem?

— Widziałam nieraz, jak dawał tak komuś dwa, a nawet trzy miliony. Miał też swoją skrytkę na pieniądze w banku.

— To znaczy, że w kasie mogło być i parę milionów?

— O ile ich stamtąd nie zabrał.

— Kiedy?

— Nie wiem.

— Niech pani idzie i zapali światło.

— I mam potem tu wrócić?

— Proszę tam na mnie zaczekać...

Przeszukanie pokoju Louise Bourges nie dało rezultatów. Nie znalazł ani lugera, ani kompromitujących papierów, ani większej gotówki, poza trzema banknotami po tysiąc franków i paroma po sto.

Młoda kobieta przeszła już przez dziedziniec. Maigretowi się wydało, że zbyt dużo czasu zajęło jej dotarcie na pierwsze piętro, ale mogła spotkać kogoś po drodze.

Wreszcie w gabinecie zapaliły się lampy i przez cienką tkaninę na oknach widać było szczegóły urządzenia pokoju, łącznie z lewą połową kasy ogniotrwałej, jednak nie w całości.

Spróbował ustalić teraz miejsce, gdzie stał Fumal, kiedy do niego strzelano, ale trudno było o coś pewnego, bo ciało mogło się przecież obrócić.

Czy można to było widzieć z okna Louise Bourges? Pewności nie było. Bez wątpienia za to widziało się jak na dłoni, kto wchodzi do gabinetu i kto z niego wychodzi.

Przeszedł dziedziniec i wspiął się na piętro, nie spotkawszy nikogo. Louise czekała na niego przy schodach.

— Już wie pan to, co chciał pan wiedzieć?

Potaknął. A ona podążyła za nim do pokoju.

— Niech pan zauważy, że stąd widać również prawie cały mój pokój...

Nadstawił uszu.

— Pan Fumal nie zawsze zasłaniał okna w gabinecie, ale to Felix i ja mieliśmy więcej powodów, by zamykać okiennice. Bo widzi pan, że tam są okiennice? Nie jesteśmy ekshibicjonistami, żadne z nas.

— To znaczy, że on czasem jednak zaciągał zasłony?

— Właśnie, czasem. Na przykład, gdy pracował do późna z panem Josephem, to zawsze zasłaniał. Nawet się dziwiłam, po co. Pewnie to było w te wieczory, gdy otwierał kasę.

— Pani sądzi, że pan Joseph znał jej szyfr?

— Wątpię.

— A pani?

— Oczywiście, że nie.

— Lapointe!... Pójdziesz do pana Josepha... Zapytasz go, czy zna szyfr otwierający kasę.

Klucz od kasy znaleziono w kieszeni zmarłego. Spytana o to poprzedniego dnia pani Fumal oświadczyła, że nic nie wie. Notariusz też nie znał kombinacji dla otwierania kasy, stąd więc tego ranka czekano na urzędników, ale i na specjalistę z fabryki tych kas pancernych.

— Czy pani nie jest w ciąży? — zapytał ją nagle.

— A czemu mnie pan o to pyta? Nie, nie jestem.

Usłyszeli na schodach kroki. Nadszedł właśnie ktoś z fabryki kas pancernych, wysoki, chudy wąsacz, który zaraz obejrzał badawczo kasę, jak chirurg pacjenta, którego ma operować.

— Musimy poczekać na notariusza i sędziego śledczego.

— Wiem. Tak jest zwykle.

Gdy tamci przybyli, notariusz posłał jeszcze po panią Fumal, domniemaną spadkobierczynię, która musiała być obecna, i Lapointe wspiął się znów na górę, aby ją sprowadzić.

Wyglądała na mniej pijaną niż poprzedniego dnia, z trochę tylko zamglonym spojrzeniem, i przed samym zejściem wypiła pewnie parę łyków dla dodania sobie odwagi, bo jej oddech porażał.

Protokolant sądowy zajął miejsce przy biurku.

— Uważam, panno Bourges, że pani obecność nie jest tu konieczna — rzekł Maigret, spostrzegając, że sekretarka pozostaje w pokoju.

Jak on miał pożałować tych słów!

Obaj z sędzią Planche wymienili parę zdań przy oknie, w czasie gdy specjalista od kas pracował. Trwało to około pół godziny, po czym ciężkie drzwi kliknęły i otworzyły się.

Notariusz zbliżył się pierwszy i zajrzał do wnętrza. Sędzia i Maigret stanęli za nim.

Parę żółtych kopert, dosyć grubych, zawierających jakieś listy i kwity, w szczególności zobowiązania pieniężne z podpisami różnych osób.

W drugiej przegródce leżały teczki z aktami niektórych przedsiębiorstw Fumala.

Pieniędzy nie było, ani jednego banknotu.

Maigret odwrócił się na czyjąś obecność za sobą. Przy drzwiach stał pan Joseph.

— Są tam? — zapytał.

— Co?

— Piętnaście milionów. W gotówce, w kasie. Były tam jeszcze trzy dni temu i wiem na pewno, że pan Fumal ich stamtąd nie zabierał.

— Pan ma klucz od tej kasy?

— Właśnie powiedziałem pańskiemu inspektorowi, że nie mam.

— Nikt nie ma drugiego klucza?

— Ja o tym nic nie wiem.

Chodząc w tę i z powrotem, Maigret zbliżył się do okna i na wprost ujrzał Louise Bourges w swoim pokoju, która znowu nuciła coś, jakby obojętna na to, co się dzieje w domu.

8

Okno, kasa, zamek i złodziej

Podobno sny, nawet te niby długie, w rzeczywistości nie trwają dłużej niż parę sekund. W tym momencie Maigret zrobił próbę, która nie przypomniała mu snu, jakiego dalej nie kojarzył, ale odnowiła wrażenie, które odniósł wtedy odnośnie jakiegoś odkrycia — jakby błysnęła długo poszukiwana prawda.

W późniejszych latach, z bagażem tych wszystkich chwil życia, potrafił zrekonstruować najmniejszą myśl, najmniejsze wrażenie tak doskonale, jak malarz odtwarzający przeżyty moment z pedantycznością flamandzkich mistrzów.

Światło lamp mieszało się ze światłem słońca, nadając pokojowi pozory sztuczności, jak dekoracje teatralne, i może stąd wszyscy w gabinecie wyglądali, jakby grali swe role.

Komisarz stał nadal przy jednym z dwóch wysokich okien. Naprzeciw, po drugiej stronie dziedzińca, Louise Bourges chodziła po pokoju, nucąc, a jej jasne włosy odcinały się od ciemnej tapety. Niżej, na dziedzińcu, Felix w niebieskim kombinezonie kierował strumień wody z gumowego węża na wyprowadzony z garażu samochód.

Protokolant przy biurku, które zajmował kiedyś Ferdinand Fumal, czekał z podniesioną głową, kiedy mu coś podyktują. Notariusz Audoin i sędzia Planche, stojąc blisko kasy, zerkali to na ten stalowy mebel, to na Maigreta, a notariusz ciągle jeszcze trzymał teczki z aktami.

Specjalista od kas odszedł dyskretnie w kąt pokoju, pan Joseph zrobił tylko dwa kroki do środka, a przez otwarte drzwi widać było w holu młodego Lapointe'a zapalającego papierosa.

Zdawało się, że na parę sekund życie zamarło, że każdy zastygł w przybranej pozie jak u fotografa.

Spojrzenie Maigreta przeniosło się z okna naprzeciwko do kasy, a stąd na drzwi i w tym momencie zrozumiał popełnioną pomyłkę. Stare, solidne drzwi z rzeźbionego dębu miały szeroki zamek, odpowiedni do dużego klucza.

— Lapointe! — zawołał.

— Słucham, szefie!

— Zejdź na dół i poszukaj Victora. Ale uważaj! — dodał.

Lapointe nie wyczuł w tym, żeby się miał na baczności, a komisarz już odwrócił się z pytaniem do specjalisty od kas.

— Czy ktoś, widząc ileś razy przez dziurkę od klucza, jak Fumal otwiera kasę, i obserwując wtedy uważnie jego ruchy, mógłby odkryć szyfr?

Tamten również przyjrzał się drzwiom, oceniając kąt ich ustawienia i odległość.

— Dla mnie byłoby to dziecinnie proste — odpowiedział.

— A dla kogoś nie będącego zawodowcem?

— Z dużą cierpliwością... Obserwując ruchy ręki i licząc obroty tarczą...

Słychać było na dole kroki Lapointe'a, a potem jego głos, gdy pytał Felixa:

— Nie wie pan, gdzie jest Victor?

Maigret był teraz pewny, że poznał prawdę, ale i odkrył, że jest już za późno. Naprzeciwko Louise Bourges wyjrzała przez okno i wydało mu się, że widzi uśmieszek na jej ustach.

Lapointe wrócił, mocno zdumiony.

— Nie mogę go nigdzie znaleźć, szefie. Nie ma go ani w pokoju, ani na parterze. Na żadnym piętrze też. Felix mówi, że słyszał, jak niedawno drzwi wejściowe otworzyły się i zatrzasnęły.

— Wykręć do naszych. Podaj im jego rysopis. Niech zaalarmują wszystkie posterunki na dworcach i komisariaty. Ty sam dzwoń do najbliższych...

Obława się rozpoczęła, wszystko szło utartym trybem. Radiowozy będą zataczać coraz ciaśniejsze koła. Mundurowi i inspektorzy po cywilnemu będą przemierzali ulice, wchodzili do barów, wypytywali ludzi.

— Wiadomo, jak on był ubrany?

Maigret i jego inspektorzy widzieli go tylko w pasiastej kamizelce. Pomógł im pan Joseph, oświadczając z odrazą:

— Nie widziałem, by nosił inny garnitur niż granatowy.

— A jaki kapelusz?

— Nie miał żadnego.

Kiedy Maigret kazał Lapointe'owi poszukać Victora, nie był jeszcze niczego pewny. Czy to była kwestia intuicji? Albo może konkluzja z wielu spostrzeżeń, które, każde z osobna, nie miały znaczenia?

Od początku był tylko przekonany, że Fumal został zamordowany z nienawiści, z chęci zemsty.

Ucieczka Victora nie podważała tego, podobnie jak zniknięcie z kasy piętnastu milionów. Słyszał jak echo samego siebie: — Wręcz przeciwnie!

Może to skutek nienawiści wieśniaka, a wieśniak rzadko zapomina o własnej korzyści, nawet gdy kierują nim żądze.

Komisarz milczał. Pozostali patrzyli na niego. Sam czuł się upokorzony, gdyż dla niego była to porażka, za długo mijał się z prawdą i nie pokładał już nadziei w obławie, którą organizował.

— Nie zatrzymuję panów dłużej. Jeżeli chcecie już zakończyć formalności...

Sędzia śledczy, będący nowicjuszem w tym zawodzie, nie odważył się wypytywać o nic. Pozwolił sobie tylko mruknąć:

— Sądzi pan, że to on?

— Jestem tego pewny.

— I zabrał te miliony?

Było to zupełnie oczywiste. Victor mógł zabrać pieniądze ze sobą albo ukryć gdzieś poza domem i wrócić po nie.

Lapointe monotonnym głosem powtarzał przez telefon rysopis, a komisarz ciężkim krokiem zszedł na dziedziniec.

Chwilę popatrzył na Felixa wciąż myjącego wóz. Przeszedł koło niego bez słowa, wspiął się po schodach i otworzył drzwi do pokoju Louise Bourges.

Miała w oczach ten sam wyraz ironii, a nawet zadowolenia.

— Pani wiedziała? — zapytał po prostu.

Nie próbowała zaprzeczyć. Przeciwnie, odparowała mu:

— Przyzna pan, że mnie o to podejrzewał?

Maigret również nie zaprzeczył, usiadł tylko na brzegu tapczanu i wolno zapalił fajkę.

— Jak pani to odgadła? — dociekał. — Widziała go pani?

Pokazał na okno.

— Nie. I mówię panu prawdę. Zawsze mówię prawdę. Nie jestem zdolna do kłamstwa, bo tego nie cierpię, ale dlatego, że wtedy mocno się rumienię.

— Pani naprawdę zamyka na noc okiennice?

— Zawsze. Ale nieraz spotkałam Victora w tej części domu, gdzie właściwie nie miał potrzeby przebywać. Umiał chodzić i poruszać się zupełnie bezszelestnie. Nieraz aż podskoczyłam, gdy znalazł się tuż obok mnie.

Rzeczywiście, Victor chodził jak rasowy kłusownik! Maigret pomyślał o tym wtedy, gdy mierzył odległość między drzwiami a kasą, niestety za późno.

Sekretarka pokazała na dzwonek w kącie pokoju.

— Niech pan spojrzy. Zainstalowany po to, aby pan Fumal mógł w każdej chwili mnie wezwać. I było tak, niekiedy bardzo późnym wieczorem. Musiałam nieraz ubrać się na nowo i iść do niego, bo najczęściej po jego kolacji w interesach ja miałam pilną pracę. Właśnie przy takich okazjach spotykałam nieraz na schodach Victora.

— I nie tłumaczył niczym tej obecności?

— Nie. Zwykle patrzył tylko na mnie tak szczególnie.

— Jak?

— Pan wie.

To prawda. Maigret chyba rozumiał to, ale nie chciał ubierać w słowa.

— W tym domu istniało jakby ukryte porozumienie. Nikt nie lubił szefa. A każdy z nas miał jakiś swój sekret.

— Pani też miała jakiś przed Felixem.

Dała dowód, że łatwo się rumieni, aż po nasadę włosów.

— O czym pan mówi?

— O wieczorze, gdy Fumal kazał się pani rozebrać...

Podeszła do okna i zamknęła je.

— Mówił pan o tym Felixowi?

— Nie.

— A powie mu pan?

— Po co? Dziwię się tylko, czemu pani to znosiła.

— Dla nas, bo chcieliśmy się pobrać.

— I dla tej oberży w Giens?

— Cóż w tym dziwnego?

Co dla niej było istotniejsze, czego najpierw chciała: małżeństwa z Felixem czy oberży nad Loarą?

— A jak zdobędziecie na to pieniądze?

Emile Lentin brał pieniądze z podręcznej kasy. Ona też musiała mieć swój system.

— Mogę to panu zdradzić, nic w tym nielegalnego.

— To słucham.

— Dyrektorowi „Rzeźni Północnych" potrzebne były pewne dane liczbowe, które przechodziły przez moje ręce, bo dysponując nimi, mógł osiągać duże prywatne profity. Zbyt długo trwałoby wyjaśnianie panu szczegółów. Krótko mówiąc, gdy uzyskiwałam te dane, telegrafowałam je jemu, a on przekazywał mi co miesiąc dosyć pokaźną sumkę.

— A inni kierownicy?

— Jestem przekonana, że każdy z nich wyciągał swoje na boku, tyle że nie każdy potrzebował mojej pomocy.

Zatem Fumal, najpodejrzliwszy z ludzi, najsurowszy w interesach, otoczony był pracownikami, którzy go oszukiwali. A on ich szpiegował, spędzając życie na nadzorowaniu ich poczynań, na grożeniu im swoją potęgą.

W jego własnym domu, bez jego wiedzy, często spędzał noce człowiek, który nie tylko żywił się na jego koszt, ale i nie wahał się w niektóre noce przechodzić tuż obok pokoju, gdzie ten spał, aby wziąć sobie pieniądze z podręcznej kasy.

Sekretarka była w zmowie z jednym z jego dyrektorów.

Czy i pan Joseph także umiał zebrać sobie trochę grosza na boku? Tego pewnie dokładnie nikt się nie dowie, nawet eksperci z wydziału finansowego mogą się na tym potknąć.

Aby zapewnić sobie ochronę w domu, takiego wiernego psa, przyjął do służby kłusownika po wyroku, z rodzinnej wioski. I czyż nie wzywał go czasem wieczorem do swego gabinetu, by powierzyć mu dyskretne zadania?

Z nich wszystkich to jednak Victor był tym, który najbardziej go nienawidził. Ukrywaną cierpliwie i z uporem nienawiścią wieśniaka, taką samą, jaką przedtem żywił do prześladującego go leśniczego, którego w końcu zabił, gdy wyczekał okazję.

Także w przypadku Fumala czekał takiej okazji. Nie tylko okazji, by go zabić, bo taka nadarzała się codziennie, ale takiej, by mógł zabezpieczyć się też materialnie.

Czy to widok pustej kasy i brak piętnastu milionów naprowadził wreszcie Maigreta na ten trop?

Rozważy to później. Na razie szczegóły jeszcze robiły mu mętlik w głowie.

Ten luger grał tu również dużą rolę.

— Czy Victor był na wojnie?

— Służył w magazynach wojskowych koło Moulins.

— A gdzie był podczas okupacji?

— W swej wiosce.

Wioska była zajęta przez Niemców. A w czasie ich odwrotu nietrudno było takiemu Victorowi zdobyć broń, nawet kilka sztuk, i ukryć w lesie.

— Dlaczego uprzedziła go pani? — zapytał Maigret z wyrzutem.

Zarumieniła się znowu i to ją wyraźnie speszyło.

— Spotkałam go, idąc na dół. Stał u schodów, przestraszony czymś.

— Niby czym?

— Nie wiem. Może tym, że otwierano właśnie kasę? Albo usłyszał od pana czy pańskich ludzi coś sugerującego, że pan go osacza?

— Co mu pani powiedziała?

— Tylko tyle: „Powinien pan już znikać".

— Czemu to pani zrobiła?

— Bo zabijając Fumala, oddał nam wszystkim przysługę.

Patrzyła wyzywająco, czy jej zaprzeczy.

— A ponadto czułam, że pan i tak dojdzie prawdy. Tylko że wtedy będzie już za późno.

— Ale przyzna pani, że powoli zaczynała się już denerwować.

— Pan podejrzewał Felixa i mnie. Felix też kiedyś posiadał lugera. W czasie wojny był w Niemczech. Przechowywał go jako pamiątkę z tamtych czasów, ale ja nalegałam, aby się go pozbył.

— Jak to dawno było?

— Jakiś rok.

— Dlaczego pani nalegała?

— Bo jest bardzo zazdrosny, a przy tym czasem wybuchowy, i bałam się, żeby kiedyś nie strzelił do mnie.

Nie zarumieniła się. Mówiła więc prawdę.

Wszystkie komisariaty w Paryżu były w pogotowiu. Wozy policyjne krążyły po mieście, wywiadowcy obserwowali bacznie przechodniów, a do właścicieli barów i restauracji zaglądali grzeczni panowie, wypytując przyciszonym głosem.

— Czy Victor umie prowadzić samochód?

— Wydaje mi się, że nie.

Obstawiono drogi. Żandarmi dalej od Paryża zatrzymywali wszystkie wozy, legitymując jadących w nich ludzi.

Maigret poczuł się niepotrzebny. Zrobił wszystko, co było w jego mocy. Reszta nie zależała już od niego. Dużo zależało teraz nie tyle od sprawności policji, ile od przypadku.

Chodziło o odnalezienie człowieka wśród milionów innych, i to kogoś zdecydowanego na wszystko, aby się nie dać ująć.

Maigret spudłował. Przybył tu za późno. Gdy kierował się teraz do drzwi, Louise Bourges spytała:

— My musimy tu jeszcze zostać?

— Do czasu nowych poleceń. Będzie jeszcze parę formalności, pewnie trochę pytań do wszystkich tutaj.

Na dziedzińcu Felix odprowadził go nieufnym spojrzeniem i pośpiesznie ruszył do dziewczyny. Czyżby miał zamiar zrobić jej scenę zazdrości, bo tyle czasu spędziła sam na sam z komisarzem?

On sam wyszedł na ulicę i skierował się do najbliższego baru, przy bulwarze Batignolles, do którego schronił się poprzednio. A właściciel wykazał się zaraz pamięcią, pytając:

— Kufelek?

Zaprzeczył ruchem głowy. Nie miał dzisiaj ochoty na piwo. W barze pachniało gronowym Bourgogne i nie zważając na wczesną godzinę, zamówił:

— Gronowe.

Po czym drugie, i jeszcze trzecie, zamyślony nad czymś.

Bo osobliwe było to, że cały dramat zaczął się w Saint-Fiacre, małej wiosce koło Allier, gdzie urodzili się Ferdinand Fumal i on sam.

Maigret powrócił do życia w pałacu, a ściśle mówiąc w jego oficynie, w majątku, którym zarządzał jego ojciec.

Fumal urodził się w rzeźni, jego matka ubierała się nader frywolnie, aby nie stracić w razie czego okazji.

Victor z kolei urodził się w drewnianej chacie, a jego ojciec jadał kruki i tchórze.

Czy fakty te miały istotny wpływ na postępowanie komisarza?

Czy rzeczywiście chciał, aby ta obława na człowieka się udała, aby dawny kłusownik poszedł na szubienicę?

Jego myśli się rozbiegały. Podobne raczej do serii obrazów, jeden po drugim, gdy wpatrywał się w zaśniedziałe lustro ustawione za barowymi butelkami.

Fumal zachował się agresywnie wobec komisarza, bo w tamtych szkolnych czasach to Maigret był synem zarządcy, człowieka wykształconego, który reprezentował hrabiego w kontaktach z wieśniakami.

Z kolei Victor musiał uważać za wrogów tych wszystkich, którzy nie żyli półdziko jak on, mieli domy i jawnie nie zmagali się z policją i leśniczymi.

Fumal popełnił błąd, sprowadzając go do Paryża i zamykając w swoim wielkim domu z kamienia przy bulwarze Courcelles.

Czy tam Victor nie poczuł się więźniem? Czy w pokoiku odźwiernego nie czuł się jak zwierzę w norze, nie marzył tam o porannej rosie i o łapaniu zwierzyny w sidła?

Tu nie miał już strzelby jak w lesie, ale zabrał ze sobą lugera, na którego zapewne nieraz patrzył z nostalgią.

— Jeszcze raz to samo, szefie.

Ale zaraz jednak pokręcił głową.

— Nie!

Nie chciał więcej pić. Nie potrzebował tego. Musi doprowadzić swoją robotę do końca i nawet gdy będzie robił to bez przekonania, czas wracać na Quai des Orfevres i pokierować poszukiwaniami.

A niezależnie od tego musi odnaleźć jeszcze tę starą Angielkę!

9

Poszukiwanie zaginionych

Sytuację najlepiej podsumował nagłówek w jednej z gazet: „Podwójna porażka policji kryminalnej".

Co należało czytać jako:

„Podwójna porażka Maigreta".

Z hotelu w dzielnicy Saint-Lazare znikła turystka, bez jakiejś sensownej przyczyny, weszła do baru, opuściła go, na ulicy przeszła obok policjanta na służbie i rozpłynęła się w powietrzu.

Osobnik o charakterystycznym wyglądzie, który zabił „króla rzeźników", a wcześniej leśniczego, umknął z domu przy bulwarze Courcelles w biały dzień, o jedenastej, w obecności nie tylko policjantów, ale i sędziego śledczego. Może nawet był uzbrojony. Przy sobie miał też fortunę, piętnaście milionów franków.

Podobno nie znał w Paryżu nikogo, nie miał znajomych, i to żadnych.

I znikł z miasta, tak samo jak pani Britt.

Setki policjantów i żandarmów w całym kraju traciło niezliczone godziny na poszukiwanie obojga.

W końcu emocje w mediach opadły i tylko ludzie odpowiedzialni za bezpieczeństwo zachowali w swych notesach nazwiska oraz szczegółowe rysopisy tych osób.

W ciągu dwóch lat nie wyszło nic nowego ani o kobiecie, ani o mężczyźnie.

A potem to pani Britt, właścicielka pensjonatu na Kilburn Lane, odnalazła się pierwsza, w doskonałym zdrowiu, zamężna i prowadząca też pensjonat, w górniczej osadzie w Australii.

Odnalezienie jej nie było zasługą ani policji francuskiej, ani brytyjskiej, raczej czystego przypadku, gdy ktoś z tamtej wycieczki do Paryża zwiedzał akurat Antypody.

Pani Britt nie udzieliła żadnych wyjaśnień. I nikt nie mógłby tego od niej żądać. Nie popełniła przecież żadnej zbrodni, żadnego przestępstwa. A jak i gdzie poznała wybranka swego życia? Dlaczego opuściła swój hotel, a potem i Francję, nie mówiąc o tym nikomu? Była to jej sprawa, wyprosiła więc za drzwi żądnych informacji reporterów.

Co do Victora, sprawa przebiegała inaczej. Odnalazł się dużo później, bo dopiero po pięciu latach, choć cały ten czas jego nazwisko figurowało w notesach policjantów i żandarmów.

Tego listopadowego poranka wśród osób przybyłych z Panamy statkiem półtowarowym, policja portu w Cherbourgu zauważyła pasażera trzeciej klasy, który wyglądał na ciężko chorego, a jego paszport na dość podejrzany.

— Niech pan pozwoli z nami — poprosił grzecznie pasażera jeden z inspektorów, porozumiewając się wzrokiem z kolegą.

— Dlaczego?

— Zwyczajna formalność.

Zamiast podążyć z innymi, człowiek ten trafił do biura, gdzie poproszono, aby usiadł.

— Pana nazwisko?

— Przecież tam jest: Henri Sauer.

— Urodzony w Strasbourgu?

— To też macie w paszporcie.

— Gdzie chodziłeś do szkoły?

— No... w Strasbourgu...

— Do szkoły przy ulicy Saint-Nicolas?

Pytano go o nazwy ulic, placów, hoteli, restauracji.

— To było tak dawno... — westchnął człowiek, którego twarz pokryła się kroplami potu.

Pewnie dostał w tropikalnym klimacie febry, bo ciałem jego zaczęły wstrząsać konwulsyjne dreszcze.

— Twoje nazwisko?

— Przecież powiedziałem.

— Prawdziwe nazwisko.

Mimo swego stanu, nie chciał się poddać, powtarzając w kółko to samo.

— My wiemy nawet, gdzie w Panamie kupiłeś ten paszport. Tylko że widzisz, człowieku, dałeś się okpić. Chyba do szkoły chodziłeś za krótko. Dostałeś podróbkę, jesteś chyba dziesiątym z kolei tak nabranym człowiekiem.

Policjant wyjął z teczki kilka identycznie wykonanych paszportów.

— Sam zobacz. Ten, co ci go sprzedał, z Panamy, nazywa się Schwarz i to jest były więzień. On rzeczywiście urodził się w Strasbourgu. Milczysz?.. Jak wolisz!... Daj tu swój kciuk.

Wprawnym ruchem pobrał odciski palców podejrzanego.

— Co pan z tym zrobi?

— Poślę do Paryża, gdzie zaraz ustalą, kim ty jesteś.

— A do tego czasu?

— Posiedzisz u nas, to jasne.

Człowiek popatrzył na oszklone drzwi, za którymi gadało ze sobą kilku policjantów.

— W takim razie... — westchnął, pokonany.

— To jakie nazwisko?

— Victor Ricou.

Nawet po pięciu latach wywołało ono lekki dreszcz. Inspektor wstał, podszedł znów do szafy z kartotekami i wyciągnął jakąś kartę.

— Ten Victor z bulwaru Courcelles?

Dziesięć minut później Maigret, który dopiero wszedł do swego biura i zaczął przeglądać pocztę, otrzymał tę wiadomość przez telefon.

Nazajutrz miał już u siebie ten wrak człowieka, całkiem zniechęconego osobnika, który nie usiłował się nawet bronić.

— Jak udało ci się wtedy wyjechać z Paryża?

— Nie wyjechałem. Siedziałem jeszcze trzy miesiące.

— Gdzie?

— W małym hoteliku przy placu Italii.

Komisarz chciał wiedzieć przede wszystkim, jak się udało Victorowi w ciągu paru minut wynieść z dzielnicy, chociaż policja została zaraz ostrzeżona.

— Wsiadłem do takiej jednej rikszy, która akurat zatrzymała się przy chodniku, i nikt nie zwrócił na mnie uwagi.

Po trzech miesiącach znalazł się w Hawrze, gdzie potajemnie, za sprawą jednego marynarza, wsiadł na statek towarowy płynący do Panamy.

— Najpierw mówił, że będzie mnie to kosztować pięćset tysięcy franków. Już na pokładzie zażądał drugie pięćset. A potem, przed przybyciem do portu...

— Ile mu dałeś wszystkiego razem?

— Dwa miliony. Gdy już tam trafiłem...

Victor zamierzał osiąść gdzieś na wsi, ale tam nie było żadnej prawdziwej wsi, zaraz za terenem miejskim zaczynał się dziewiczy las.

Czuł się tam obco, zaczął odwiedzać najgorsze spelunki, dając się parę razy okraść. Jego piętnaście milionów rozpłynęło się w dwa lata i należało poszukać roboty.

— Już mi to wszystko zbrzydło. Musiałem tutaj wrócić...

Gazety, które niegdyś robiły wokół niego tyle zamieszania, teraz poświęciły trzy linijki na informację o jego aresztowaniu, bo o sprawie Fumala mało kto już pamiętał.

Victor nie stanął nawet przed sądem. Ponieważ całe dochodzenie przeciągało się przez nieustanną nieobecność świadków, zdążył umrzeć w więziennym szpitalu, we Fresnes, gdzie Maigret był jedynym człowiekiem, który go tam odwiedził dwa czy trzy razy.

4 marca 1956 r.

Nakładem *C&T*

Georges Simenon
MAIGRET I SOBOTNI KLIENT

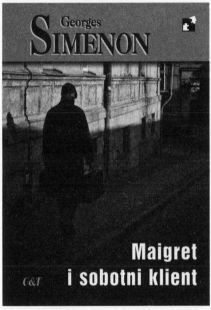

Człowiek, który przychodzi do biura komisarza Maigreta od kilku już tygodni, za każdym razem decyduje się odejść bez słowa. Wreszcie jednak odwiedza Maigreta w jego domu. I tam opowie mu swoją historię życia — dziwną i zaskakującą.

Bo Leonard Planchon już od dwóch lat mieszka pod jednym dachem z żoną i... jej kochankiem. A teraz ma zamiar zabić ich oboje. I to właśnie wyznaje komisarzowi...

Nakładem *C&T*

Georges Simenon
MAIGRET
I SĄD PRZYSIĘGŁYCH

Kiedy zamordowano Leontine Faverges i oddaną jej pod opiekę czteroletnią Cecile, opinia publiczna była wstrząśnięta. Dlatego komisarz Maigret musiał szybko wykryć mordercę. I udało mu się to. A pomógł mu anonim wskazujący na Gastona Meurant...

Ale kilka miesięcy później, już podczas rozprawy sądowej, Maigret nie jest przekonany o winie Meuranta. Zwłaszcza po nowych zeznaniach świadka Nicolasa Cajou — właściciela pewnego hoteliku, wynajmującego pokoje na godziny...

———————

Nakładem *C&T*

Georges Simenon
NOC NA ROZDROŻU

Po siedemnastu godzinach przesłuchania Carl Andersen uparcie powtarzał, że to nie on zabił handlarza diamentami Goldberga. A że dowody były zbyt słabe, Maigret musiał wypuścić podejrzanego. Choć to nie znaczy, że nie pojedzie za nim na prowincję. Bo Andersen mieszka godzinę drogi od Paryża na słynnym Rozdrożu Trzech Wdów. Mieszka tam z siostrą, Else. A dwa pozostałe domy zajmują: agent ubezpieczeniowy Emile Michonnet i pan Oskar, właściciel stacji benzynowej i warsztatu samochodowego. I to w jednym z tych trzech domów mieszka morderca...

Nakładem *C&T*

Georges Simenon
MORDERCA

Doktor Hans Kuperus prowadził praktykę lekarską i wiódł spokojne życie, u boku żony Alice, w prowincjonalnym holenderskim miasteczku do czasu otrzymania pewnego anonimu... Wynikało z niego, że żona zdradza go z przyjacielem domu.

I doktorowi Kuperusowi kolejny rok zajęło dobre przygotowanie się do tego, by... pozbyć się niewiernej żony. Strzały z pistoletu pozbawiły życia ją i jej kochanka.

Zwłoki obojga utonęły w pobliskim kanale i do wiosny można było tłumaczyć to tajemniczym zniknięciem. Potem jednak wypadki potoczyły się zupełnie inaczej, niż zaplanował to doktor Kuperus...

Nakładem *C&T*

Georges Simenon
WIĘZIENIE

„Nic nie zrobił. Nie ponosił żadnej odpowiedzialności za to, co się stało. Tysiące mężów sypia ze swoimi szwagierkami, to rzecz znana. Młodsze siostry wykazują tendencję do podkradania tego, co posiada starsza..."

Tak uważa Alain Poitaud, którego zaskakuje najpierw wizyta policjanta, a potem wieść o śmierci szwagierki. To Jacqueline, żona Alaina, zastrzeliła młodszą siostrę, Adrienne, a potem oddała się w ręce policji. I teraz komisarz Roumagne próbuje od Alaina dowiedzieć się, dlaczego...

Ten jednak — mimo że miał krótki romans z Adrienne, dawno już zakończony — kompletnie nie rozumie zachowania żony. Czy naprawdę zazdrość była motywem tej zbrodni, a on sam prowokatorem?

Nakładem *C&T*

dobry kryminał

Georges Simenon
ŚMIERĆ BELLI

Spencer Ashby wiedzie spokojne życie nauczyciela w małym miasteczku. Dopóki morderstwo nie burzy tego porządku.

Bella była córką znajomej Christine, żony Spencera. Zbyt młodą, by umrzeć. I to w domu Ashbych. A Spencer nie ma żadnego alibi. Tylko coraz bardziej podejrzliwych sąsiadów. I policjantów uparcie krążących wokół niego.

Bo nie było formalnego dowodu na to, że jest niewinny. Dopóki nie odnajdą mordercy i ten się nie przyzna, nie było absolutnej pewności. A nawet wówczas znajdą się tacy, którzy będą wątpić...